AF197604

IRIS HELL

KLECKERLÄTZCHEN
für Anfänger

MIT KARACHO
IN DIE WINDELBERGE

© 2017, Iris Hell, 80939 München

Korrektorat: Ursula Hahnenberg, www.ursula-hahnenberg.de

Satz & Layout: PCS Books · Gabi Schmid, www.pcs-books.de

Covergestaltung: Corina Witte-Pflanz, www.ooografik.de

Autorenfoto: Privat

Grafiken/Illustrationen: Nanny. Woman walking with a ... # 117169358| Urheber: ty4ina; Princess Party logo # 1137897069 | Urheber: iraida-beariala; Nanny. Woman walking with a ... # 117169358| Urheber: ty4ina; rose pink background ... # 133931475| Urheber: abbiesartshop; Baby bib icon in simple ... #122941366 | Urheber: ylivdesign; Urban autumn landscape ... #117968699 | Urheber: paseven; Baby icons set #60728889 | Urheber: RainLedy; Baby shower out-line ... #116423446 | Urheber: juliyas; Phone Message Template #87143969 | Urheber: Reservoir Dots; Login user interface ... #135583595 | Urheber: vasilyrosca; Green Sticks Header #129753983 | Urheber: Style-Photography, alle Fotolia.com

Druck und Verlagsdienstleister: Tredition GmbH, Hamburg

Printed in Germany

1. Auflage

978-3-7439-2218-1 (Paperback)

978-3-7439-2219-8 (Hardcover)

978-3-7439-2220-4 (e-Book)

Für
Liv, Cleo, Vivien,
Stella & Ferdinand

Inhaltsverzeichnis

Prolog

PEKiP und Warteliste. Die mit Abstand meist vernommenen Worte aus den vergangenen zwei Jahren als frisch gebackene Mutter. Bis dato war mir der Terminus *PEKiP* unbekannt. Als Insider weiß ich jetzt, dass sich hinter der Abkürzung das Prager-Eltern-Kind-Programm verbirgt, ein Konzept zur Frühförderung von Babys im ersten Lebensjahr. Über eine Warteliste wundere ich mich mittlerweile nur noch, wenn sie fehlt.

Was erwartete mich Wickelanfängerin in der Welt der Windelberge? Bis auf die anfängliche Schwangerschaftsübelkeit und einen immensen Fundus an Kleckerlätzchen lief fast alles anders als vermutet. In die Rolle der perfekten Mutterglucke wurde ich jedenfalls nicht hineingeboren, musste erst langsam in das neue Dasein mit seinen emotionalen Achterbahnfahrten und bisher nie erlebten Situationen hineinwachsen.

Hausfrau und Mutter – mag für manchen nach Banalität oder Eintönigkeit klingen. Mit dem Begriff der Hausfrau assoziiere ich, da meine Mutter als Alleinerziehende, soweit ich zurückdenken kann, voll berufstätig war, die Generation meiner Großmütter, Jahrgänge 1911 und 1916, und diese trugen tagsüber altmodisch einen Putzkittel und nachts Lockenwickler.

Mein neues Leben als Alltagsheldin jenseits der beruflichen Karriereleitern ist alles andere als banal

oder eintönig. Es gleicht einem in sämtlichen Farben schillernden Puzzle, zusammengesetzt aus großartigen Momenten und vielen kleinen, von denen ich nicht einen missen möchte. Mit meinem Minimenschen ist das Leben nie gleichförmig und ich verplempere nicht mehr wertvolle Lebenszeit, indem ich an langweilig verregneten Sonntagen stundenlang eine Heimwerkersendung nach der anderen ansehe oder den 73. Eierwärmer stricke.

Eine über alles liebenswürdige, unberechenbare, zu den unpassendsten Augenblicken hungrige oder wache, neugierige kleine Person, ohne die ich nie wieder sein möchte, schreibt täglich, manchmal stündlich das Drehbuch meines Mom-Real-Lifes. Ihr Regiestil ist flatterhaft, ungestüm, selten verlässlich. In ihrer unbeirrten Art, unbeeinflusst von Gesellschaftsregeln und erwünschten Verhaltensweisen, wirft sie lang erprobte Szenen um, testet an mir, der mit ihr verbundenen Marionette, gleich einem eigenwilligen Puppenspieler ihr Improvisationstheater und lässt mich in den unterschiedlichsten Geschwindigkeiten, Gangarten und Choreografien an den Schnüren tanzen.

Mit einem Schlag ist meine bislang schwarz-weiße Welt kunterbunt. Seit die kleine Chaosqueen in mein Leben getreten ist, fühle ich mich vollständig.

Der blaue Balken

Erscheint nach zwei Minuten ein senkrechter blauer Balken in dem Sichtfenster, sind Sie schwanger.

Mit verschränkten Beinen sitze ich auf meinem Bett, den Schwangerschaftstest in der linken, die Packungsbeilage in der rechten Hand; abwechselnd blicke ich mit starrer Miene von Text zu Test und wieder zurück. Ich könnte mir vorgaukeln, der senkrechte blaue Balken sei Illusion. Mal abwarten ... Nein, er verschwindet nicht, selbst wenn ich noch so oft den Kopf von rechts nach links bewege. Im Gegenteil: Es wirkt fast, als nehme der Balken an Breite zu, je öfter ich hinschaue. Daraufhin schießen mir Tränen in die Augen. Nicht vor Glück.

»Mensch, Irmgard, was mach ich denn jetzt?« Irmgard kenne ich seit meiner Kindheit. Außer mir kann sie niemand sehen oder hören. Natürlich nicht, denn sie ist kein existentes Wesen. Sie ist so etwas wie mein Unterbewusstsein, mein Alter Ego, meine innere Stimme mit der Besonderheit, dass ich ihr ein Eigenleben angedichtet habe, inklusive Aussehen und Charakter. Böse ausgedrückt könnte man sie als Hirngespinst bezeichnen, obwohl ich natürlich weiß, dass sie nur ein Produkt meiner Fantasie ist. Fühle ich mich alleine oder hilflos, rufe ich sie. Oder sie erscheint von selbst, wenn sie spürt, dass ich sie brauche, und verschwindet meist so schnell, wie sie aufgetaucht ist.

»Dreh den Test doch um neunzig Grad, dann ist der Balken nicht mehr senkrecht.«

»Ha ha. Und gegen das Blau setze ich eine rosa Brille auf, oder?«, pflaume ich sie schluchzend an. »Wenn das alles ist, was dir einfällt, kannst du gleich wieder gehen.«

»Scherz beiseite, Kindchen.« Irmgards Ton klingt wieder gewohnt fürsorglich. »Warum weinst du denn? Ein Baby ist doch etwas ganz Wunderbares.« Sie streicht mir aufmunternd über den Kopf. »Kindchen, ich muss leider weg, melde mich aber bald wieder!«

Und weg ist sie. Wahrscheinlich hat sie einen Termin bei der Kosmetikerin. In der Luft hängt noch der sie seit Jahren begleitende und stets gleichbleibende Duft, eine Mischung aus Haarspray und Chanel No. 5.

Damit hat Irmgard sicher recht: Ein Baby ist etwas ganz Wunderbares. Aber in diesem Moment? Den Test habe ich heute um 16.23 Uhr nur gemacht, weil mich Anni, eine ehemalige Kollegin, zu ihrem Geburtstag auf das Oktoberfest eingeladen hat und ich sicher sein wollte, dass die eine oder andere Maß Bier nicht schadet.

Wiesn ist herrlich. Bier, Hendl, gebrannte Mandeln. Wenn Tausende von Menschen in der Schützenhalle zum allabendlichen Abschied der Band auf den Bierbänken stehend mitgrölen, kriege ich immer wieder Gänsehaut. Egal wie oft ich schon dabei war und selbst lauthals mitgesungen habe, kullern bei mir bierselig sentimental die Tränlein. Gerade in solchen Augenblicken liebe ich mein München. Seit ich mit Markus zusammen bin, ist meine exzessive Partyphase vorbei, doch aufs Oktoberfest gehe ich nach wie vor gern.

Wegen des Balkens hänge ich mein eben erst gebügeltes Dirndl schweren Herzens zurück in den Schrank und lasse Wiesn Wiesn sein. Zum Feiern ist mir jetzt nicht zumute. Stattdessen begebe ich mich auf den Weg zu meinem künftigen Ehemann, dem Mitschuldigen an dem Schlamassel.

Während die U-Bahn den gewohnten Kurs durch dunkle Tunnel des Münchner Schienennetzes nimmt, pflichtgemäß an blau, rot oder orange gefliesten Halte-stellen stoppt, Fahrgäste ausspuckt, neue aufnimmt, wirbeln durch meinen Kopf und Körper ungebändigte Gedanken und Gefühle. Sachlich spricht rein gar nichts gegen ein Kind. Ich bin 34, habe eine solide Ausbildung und einige Jahre Berufserfahrung als Juristin. Mein Sparbuch ist zwar nicht üppig, aber anders als zu Studentenzeiten bin ich nicht mehr gezwungen, im Supermarkt einen Wochenvorrat an Lebensmitteln mit zwanzig mühsam zusammengekratzten Mark zu kaufen. Seit Jahren führe ich mit Markus eine glückli-che Beziehung, unser Hochzeitstermin in vier Wochen steht schon lange mit einem dicken Herz umrandet im Kalender.

Wir stecken mitten in den Vorbereitungen. Macht uns der frisch eingezogene Bauchbewohner einen Strich durch die Rechnung? Lässt er die Nähte des Brautkleids oder gar die Hochzeitspläne platzen? Nein! Nein! Nein! Im Kleiderschrank ist zwar schon ein Ehrenplätzchen für ein Brautkleid reserviert, aber noch nicht besetzt. Und zur Heirat hatten wir uns entschlossen, weil wir wollten, nicht weil wir mussten, selbst wenn wir jetzt, nach altmodischen Maßstäben, auch heiraten müssen.

Irmgard klopft mir auf die Schulter. »Alles im grünen Bereich, Herzchen.«

Emotional ist ebenfalls alles in Butter: Beim Anblick eines wenige Tage, Wochen oder Monate alten zahn-

und manchmal auch haarlosen Wonneproppens hüpft jede auch noch so kleine Zelle meines Körpers jubelnd auf und ab: *Ich will das auch haben! Ich will, ich will, ich will!*

Aber warum ausgerechnet jetzt? Endlich habe ich meine Traumstelle gefunden, nach der ich jahrelang gesucht und an deren Existenz ich schon gar nicht mehr geglaubt habe. Diese soll ich jetzt sausen lassen wegen eines blauen Balkens?

Dass ich nach der Geburt mindestens ein Jahr zu Hause bleiben würde, steht für uns beide fest, nicht nur, weil mein Einkommen im Verhältnis zu Markus' Rechtsanwaltsverdienst deutlich schlechter abschneidet. Vor Kurzem war ich schon einmal schwanger und wir haben uns ausgiebig mit dem Thema befasst. Obwohl ich gerne arbeite, würde ich ungern schon nach wenigen Wochen Mutterschutz Schreibtisch gegen Wickeltisch eintauschen, auch wenn es nur für ein paar Stunden täglich wäre.

Außerdem: Was ist, wenn es wieder schiefgeht? Dann habe ich gar nichts, weder Baby noch Traumjob.

Das *Zurückbleiben bitte!* reißt mich aus meinem Gedankenfluss. Ich schaffe es gerade noch, aus der U-Bahn auf den Bahnsteig zu springen, bevor sich die Waggontür wieder schließt.

In Markus' Wohnung begrüßt mich ein etwas überraschter – schließlich hatte ich für den Abend andere Pläne – und vergnügter Ehemann in spe. »Grias di, Kim.«

Er weiß, dass mir breites Bairisch ein Lächeln entlockt. Menschen, die Dialekt sprechen, sind in meinen Augen bodenständig. Und bei bodenständigen Menschen fühle ich mich wohl. Karsten, Markus' bester Freund und Mitbewohner, ist außer Haus, worüber ich ausnahmsweise erleichtert bin, schließlich habe ich eine sehr persönliche Mitteilung.

Fröhlich schwenkt Markus sein Weinglas, rührt hingebungsvoll in einem Topf mit Nudelsoße und berichtet gut gelaunt über seinen Arbeitstag. Er ist im Gegensatz zu mir mit Leib und Seele Anwalt, liebt juristische Konfrontationen, Gerichtstermine und alles, was sonst noch dazu gehört. Mich hingegen haben Leistungs- und Umsatzdruck in der Kanzlei über die Jahre krank gemacht. Nach Bandscheibenvorfall, Hörstürzen und diversen anderen körperlichen und seelischen Wehwehchen erscheint mir meine neue Stelle in der Rechtsabteilung eines Unternehmens wie der lang ersehnte Rettungsanker.

»Kim, mogst a a Glasl?« Der Strahlemann hält mir sein Weinglas entgegen.

Das ist mein Stichwort. »Setz dich bitte. Wir werden Eltern.«

Als Reaktion auf die Neuigkeit springt Markus aufgebracht auf, rügt mich, diesmal in gewohntem Hochdeutsch: »Aber Kim! Du kannst mir doch nicht in diesem Aufzug solch eine Nachricht überbringen.« Vorwurfsvoll zeigt er auf seine Boxershorts. Trotz des dem Anlass nicht angemessenen Outfits, umarmt er mich liebevoll und grinst von einem Ohr zum anderen. »Kim! Das ist die beste Nachricht, die ich je in meinem Leben bekommen habe!«

Keine drei Minuten später gesellt sich zu Markus' Hochstimmung eine umtriebige Geschäftigkeit. Als Sofortmaßnahme zieht er sich etwas *Anständiges* an, denn hosenlos kann ein derart wichtiges Thema wie die Planung unseres Familienlebens nicht angegangen werden. Mit jeder in den Mund geschobenen Gabel

Spaghetti Carbonara landet einer neuer Punkt auf der To-do-Liste des vom Tatendrang Getriebenen:

Karsten rausschmeißen. Kims Umzug organisieren. Steckdosen sichern. Lappenvorrat aufstocken. Wo soll der Windeleimer stehen? ...

Zwischendurch schüttelt er beinahe mechanisch den Kopf, freut sich wie ein Schneekönig, und es ist ihm deutlich anzusehen, dass er sein Glück gar nicht recht fassen kann. Die Bestlaune des werdenden Vaters ist ansteckend, denn immer mehr Zellen meines Körpers verfallen wegen ihres neuen Mitbewohners in ausgelassene Freudentänze.

Am nächsten Tag.

Sie sind überglücklich! Die Überschrift scheint derzeit beliebig einsetzbar. Kriegen jetzt alle Promis Nachwuchs? Im Wartezimmer meines Frauenarztes habe ich eine Stunde Gelegenheit, mich in Bunte, Gala & Co. dem Klatsch und Tratsch der vergangenen Wochen zu widmen.

Dr. Rose begrüßt mich freundlich, fast überschwänglich, obwohl mein Zustand an einem Ort wie diesem sicher kein Einzelfall sein dürfte. »Ja, was höre ich denn? Da schauen wir doch gleich mal auf dem Ultraschall nach.«

Dort zeigt sich eine etwa einen Zentimeter große Blase. Wie hübsch. Das erste Foto meines angehenden Babys. Bild und Mutterpass werden mir fast feierlich vom Arzt überreicht. Jetzt bin ich offiziell etwas anderes als gestern: Jetzt bin ich eine werdende Mutter.

Nach Verlassen der Praxis kaufe ich in der Apotheke

auf der gegenüberliegenden Straßenseite optimistisch eine Dreimonatspackung Schwangerschaftsvitamine.

Anders als tags zuvor werde ich auf meiner Heimreise in der ratternden U-Bahn nicht von Zweifeln geplagt, Euphorie und Neugier keimen in mir. Mein Gefühl sagt mir, dass alles gut gehen wird. Wie wird er wohl aussehen, der kleine Mensch? Wird es ein Junge oder ein Mädchen? Wird er oder sie Markus' oder meine Fußform erben? Wie werden wir ihn/sie nennen? Karl/Erika. Ein schöner Arbeitstitel. Den endgültigen Namen können wir uns ja dann in Ruhe überlegen.

Eine Stunde nach meiner Kür zur werdenden Mutter bin ich holterdiepolter zur Geburt angemeldet. Auf Anhieb. Keine Warteliste, obwohl das Krankenhaus, dessen Nummer ich gewählt habe, zu den beliebtesten Geburtskliniken der Stadt zählt. Bis zu welcher Schwangerschaftswoche ich mir mit der Anmeldung Zeit lassen könne, wollte ich von der Hebamme am anderen Ende der Leitung wissen. Bei Nennung des voraussichtlichen Geburtstermins wird mir mitgeteilt, dass *noch* zwei Plätze frei seien. In der 7. SSW? Hä?!

»Ach, wissen Sie, ich trage Sie gleich ein, Sie sind die Nummer acht.«

Hätte ich morgen oder gar übermorgen mein Glück versucht, wäre ich wohl auf der Warteliste gelandet.

Wedding Fever

Was für ein wundervoller Tag! Was für eine wundervolle Zeit! Trotz des tristgrauen Oktoberwetters. Ich heirate, bin in anderen Umständen und zur Geburt angemeldet. Und: Ich treffe mich abends im *Hey Luigi* zum Essen mit Clarissa und Dagmar, zwei Freundinnen aus Schulzeiten, die ich eine Ewigkeit nicht gesehen habe. Seit jede von uns beruflich stark eingespannt ist, wird es immer schwieriger, einen gemeinsamen Termin zu finden, was aber nichts an der Innigkeit unserer 25 Jahre währenden Freundschaft ändert – dachte ich.

Nach drei verschobenen Verabredungen hat es heute endlich geklappt. Juhu! Wie werden sie wohl auf meine Babynews reagieren?

Vier Begrüßungsbussis später sitze ich den beiden gegenüber. Die eine brünett, hyperdünn und meist spitzbübisch lächelnd, Dagmar hingegen fast platinblond, was ihr den liebevollen Spitznamen Blondie eingehandelt hat, vollschlank, mit einem Dekolleté zum Neidischwerden, das sie selbstbewusst zur Schau stellt. Aktuell ist sie in ein hautenges T-Shirt gezwängt, dessen Enge die Oberweite zu Fluchtversuchen zu animieren scheint.

»Tut mir leid, dass ich zu spät komme«, entschuldige ich mich.

»Kein Problem. Blondie erzählt gerade von Giselas Hochzeit letzten Samstag.«

Dagmars Kollegin Gisela ist, soweit ich weiß, erst seit

einem halben Jahr mit Stefan liiert. Und schon verheiratet?! Das ging aber fix.

»Na, wenn die Chemie stimmt, kann man schon mal heiraten!«, lautet Clarissas Statement. Schwingt da etwa ein Anflug von Neid mit? Sie würde auch gern in den Hafen der Ehe einfahren, doch ihr langjähriger Lebensgefährte Martin ist das, was man unter einem echten Heiratsmuffel versteht.

»Erzähl weiter!«, bitte ich Dagmar. Mit leuchtenden Augen setzt sie verzückt ihre Schwärmerei fort, Clarissa kommentiert fast jede Silbe mit einem wissenden Permanent-Lächeln und spielt verträumt an ihrem Strohhalm. Sie ahnt, was jetzt kommt. Ich staune.

Bei einem Tauchausflug in der Südsee habe der Romantiker Stefan der Nichtsahnenden den Heiratsantrag gemacht. Per Handzeichen! *Schmacht.*

»Hä, wie soll das gehen?«, wirft Clarissa in ihrer liebenswert ruppigen Art ein.

Die Schwärmerin übergeht den Einwand und setzt den Bericht mit unbeirrtem Entzücken fort. Ihre Wangen glühen hochzeitsfiebrig im Schein der flackernden Kerze. Bei dem Event selbst habe die Hochzeitsplanerin wirklich an alles gedacht: weiße Tauben, rosarote Luftballons, Blumenmädchen in Spitzenkleidchen, märchenhaft duftende Rosenbouquets, eine siebenstöckige Traumhochzeitstorte und pastellfarbene Petit Fours als Aufmerksamkeit für jeden einzelnen der 163 Gäste, Tüddelkram hier, Tüddelkram da. *Seufz.* Und das Brautkleid!!!

Die Begeisterung auf der Romantik-Skala ist nicht mehr zu toppen und das Wedding Fever hat auch Clarissa endgültig gepackt.

Das Brautkleid: Ein cremefarbener Traum aus

Seide mit einer Schleppe, wie sie einer Fürstin würdig gewesen wäre. »Ich sag es euch: Mich würde es nicht wundern, wenn das Foto des perfekten Paars das Cover der nächsten Ausgabe von *Happy Wedding*, der Hochzeitszeitschrift schlechthin, ziert.« *Schwelg.* »Beim Jawort in der Kirche ist wirklich kein einziges Auge trocken geblieben. Das war die schönste Hochzeit in meinem Leben! Genauso würde ich mir meine eigene auch wünschen!« *Seufz. Schmacht. Schwärm.* Dagmar nimmt einen tiefen Zug aus ihrem Aperol Spritz.

Solche Sentimentalität hätte ich Dagmar gar nicht zugetraut, dachte ich doch bislang, sie fühle sich als Dauersingle recht wohl.

»Und, Kim. Was macht eure Hochzeit?«, fragt Clarissa nach Momenten des seligen Schweigens in trauter Dreisamkeit.

Anders als geplant behalte ich Karl/Erika – für heute jedenfalls – für mich. Das Thema des Abends ist Hochzeit.

Doch angesichts des zuvor geschilderten Mega-Events bin ich fast beschämt, von unseren bescheidenen Plänen zu berichten.

Beide hören mir zwar freundlich zu, doch etwas ist anders als in den Minuten zuvor. Irre ich mich oder ist das Lächeln meiner langjährigen Freundinnen schwächer geworden? An die Stelle der ungebremsten Hochstimmung ist verhaltene Höflichkeit getreten. Die Temperatur um uns herum scheint innerhalb von Sekunden um zehn Grad gesunken. Meine Gegenüber wirken spontan geheilt, vom eben noch herrschenden Hochzeitsfieber fehlt jegliche Spur.

Muss ich mich für das geplante kleine Fest im Kreis der Familie rechtfertigen? Ist es in ihren Augen langweilig, wenn eine langjährige Partnerschaft in eine Ehe übergeht? Sitzt die Vorstellung von einer bombastischen Hochzeitsparty so hartnäckig in ihren Hinterköpfen? Oder erwarteten sie eine Einladung?

Bei der Verabschiedung meine ich, ein leises Knacksen zu vernehmen, als sei ein Ast von einem Baum gebrochen. Bedrückt trotte ich nach Hause. Ich hätte mehr Anteilnahme erwartet.

Der ständige Begleiter

Oh Gott, ist mir schlecht. Der erste Gedanke jeden Morgen seit ich von meiner Schwangerschaft weiß. Seit zehn Tagen. Keine lange Zeit. Mir erscheint sie wie eine Ewigkeit. Zum Glück habe ich die kommenden fünf Tage bis Montag frei. In meinem aktuellen Zustand hätte ich mich keine zehn Sekunden auf Beinen halten, geschweige denn brauchbare geistige Arbeit verrichten können.

Auf meinem Programm steht nur, mich am morgigen Freitag mit Markus' Mutter Fiona in der Stadt zu treffen, um etwas Passendes für die Hochzeit zu finden. Das werde ich ja wohl noch schaffen. Das muss ich schaffen.

Bis dahin ist noch Zeit und ich kann getrost im Bett liegen bleiben.

»Irmgard, kannst du bitte mal kommen?«

»Gleich, Kindchen! Mein Nagellack muss noch trocknen.«

Gut, dann warte ich eben. Kennengelernt haben wir zwei uns in den 1970er-Jahren, genauer gesagt im September 1976. Kurz nach unserem ersten Treffen erzählte ich meiner Mutter von Irmgard. »Mama, ich habe eine ganz tolle Dame getroffen! Sie ist so alt wie du, aber nur so groß wie Mascha.« Mascha war meine damalige Katze. »Sie hat ganz lange Nägel und super Haare.« Knallrot, auftoupiert mit viel Haarspray. Meine Mutter sah mich nur kopfschüttelnd an. »Erfinde doch nicht immer so einen Schmarrn, Kim.«

Seitdem behalte ich Irmgard für mich, obwohl streng

genommen nicht ich sie erfunden, sondern sie mich gefunden hat. An meinem ersten Kindergartentag stand sie
plötzlich neben mir. Ich erinnere mich noch genau an das
flaue Gefühl, als mich meine Mutter dort hinbrachte und
sofort ins Büro weiterfahren musste. Sanfte Eingewöhnung
war damals offenbar ein Fremdwort. Mutterseelenallein
saß ich an meinem Garderobenplatz, Symbol Maus, kannte
niemanden. Irmgard sprach mir Mut zu, mich zu den anderen Kindern zu gesellen, und wich den ganzen Tag nicht von
meiner Seite, bis mich meine Mutter nachmittags abholte.

Auch am nächsten und am übernächsten Tag war sie
morgens wieder zur Stelle und blieb immer so lange, bis
ich mich auch allein in der Kindergartengruppe wohlfühlte.

Schon als Kind wusste ich, dass Irmgard nicht existiert.
Ich hielt sie nie für real, war und bin nicht verrückt und habe
keine Wahnvorstellungen. Eine Irmgard zu haben, fand ich
als Kind lustig, und bislang gab es keinen Grund, damit
aufzuhören. Das Schöne an Fantasiegestalten ist, dass man
sie her- und auch wieder wegträumen kann, gerade wie es
einem beliebt. Brauche ich sie, ist sie zur Stelle. Meistens
jedenfalls. Wenn sie nicht gerade bei der Nagelpflege, beim
Shoppen oder Friseur ist, kann ich mich darauf verlassen,
dass sie mir mit Rat und Tat zur Seite steht.

Um auch hier keinen falschen Eindruck zu erwecken:
Irmgard legt zwar Wert auf ihr Äußeres und hat ein Faible
für gewisse Konsumgüter, ist aber keinesfalls oberflächlich.
Sie ist tiefgründig und einfühlsam, kann unterscheiden, ob
ich wirklich Hilfe brauche oder mein Ruf nach ihr gekäns-
telt ist, weil ich eine Situation eigentlich ganz gut allein
bewältigen kann.

»So, Kindchen, jetzt habe ich Zeit für dich.« Irmgard
wirkt etwas gehetzt. »Was ist denn los?«

»Mir ist so schlecht!«, jammere ich.

23

»Bist du verkatert?«

»Natürlich nicht! Du glaubst doch nicht im Ernst, dass ich in meinem Zustand Alkohol trinke.«

»Wenn ich an früher denke, ist der Gedanke gar nicht so abwegig.«

»Die alten Geschichten brauchst du mir doch wirklich nicht mehr auf's Brot schmieren!« Nur, weil ich früher das eine oder andere Mal gern gefeiert habe. »Außerdem weißt du genau, dass ich extrem solide und bodenständig geworden bin, seit ich Markus kenne.«

»Ja, ja, ich weiß.« Irmgard pustet sanft über ihre Nägel, obwohl der Lack längst trocken sein müsste. »Für meine Begriffe vielleicht etwas zu bodenständig.«

Bitte nicht wieder dieses Thema! Irmgard findet mein Leben öde. Ausbildung, Arbeiten, Heiraten, Kinderkriegen. Viel zu geordnet.

Emanzipation, Selbstfindung, Affären. Das ist eher nach Irmgards Geschmack, zumindest war es in ihrer Sturm-und-Drang-Phase so. Eine Hardcore-Emanze oder gar Männerhasserin war sie nie. Sie hatte und hat nach wie vor ihre Ideale und findet es nur fair, wenn jeder die gleichen Rechte hat und auch gleich behandelt wird.

»In deinem Alter habe ich mich für die Frauenbewegung eingesetzt!«

»Weiß ich. Und ich habe mich schon oft genug aufrichtig dafür bedankt. Doch ich glaube nicht, dass ich heute noch irgendjemanden beeindrucken würde, wenn ich meinen BH verbrenne. Meine Generation ist mit anderen Problemen konfrontiert.«

»Sei bitte nicht herablassend. Außerdem würde mich wirklich interessieren, welche Probleme du und deine Generation habt?«

»Umweltverschmutzung, globale Erderwärmung, atomare

Bedrohung, die nach wie vor bestehende Ungleichbehand-
lung von Mann und Frau ...«

Irmgard winkt ab. »Kannst aufhören. Das würde in eine
endlose Diskussion ausarten. Außerdem bin ich nicht ge-
kommen, um mich mit dir anzulegen.«

»Das will ich hoffen. Hast du denn jetzt einen Tipp,
was gegen die Schwangerschaftsübelkeit helfen könnte?«
Irmgard hat drei mittlerweile erwachsene Kinder.

»Zähne zusammenbeißen und durch! Du bist nicht die
Einzige in dieser Situation. Nach der zwölften Woche geht
das meistens vorbei.«

Der Tipp reißt mich nicht vom Hocker.

Nachdem sich Irmgard verabschiedet hat, leide
ich eine Viertelstunde leise vor mich hin. Wenigstens
war ich gestern beim Friseur. Frische braune Farbe,
Haare gleichlang bis zum Kinn und schön geglättet.
Klasse Frisur. Der Gedanke heitert mich kurzzeitig
auf. Doch Liegen macht die Sache auch nicht besser,
weder die Frisur noch die Übelkeit. Meinem Zustand
entsprechend langsam richte ich mich auf, hole tief Luft,
entsteige vorsichtig dem Bett und schlurfe in die Küche,
dem Kaffeeduft entgegen. Mein Zukünftiger sitzt in eine
Zeitung vertieft am gedeckten Frühstückstisch. Offenbar sehe ich trotz neuer Haarpracht so furchtbar aus,
wie ich mich fühle, denn aus Markus' Gesicht spricht
Mitleid, als ich den Raum betrete.

Den Kaffee empfinde ich nach einem kräftigen
Atemzug nicht mehr als wohlduftend. Schlagartig über-
kommt mich ein Gefühl des Ekels, das mich zwingt,
schnellstens ins Bad zu stürmen, wo ich mich gerade
noch rechtzeitig in die Toilette übergeben kann. Allein
der Anblick der Zahnbürste lässt mich gleich wieder
würgen. Erst nach dem Duschen fühle ich mich nicht

mehr ganz so mies. Das warme Wasser scheint zumindest einen Teil der Übelkeit weggespült zu haben.

Nach zwanzig Minuten schleiche ich zurück in die Küche. Ließen die lila Blümchen in der Vase vorhin auch schon derart schlaff ihre Köpfchen hängen? Geht es ihnen ähnlich elend wie mir? Die Kraft, dem traurigen Anblick ein Ende zu bereiten und die verwelkten Tulpen wegzuwerfen, fehlt.

Markus liest nach wie. »Du Arme.« Sein einziger Kommentar ohne aufzusehen und ohne die Miene zu verziehen.

Frische Semmeln, Obstsalat, Wurst, Käse. Auf nichts habe ich Lust, und ich verharre schweigend, regungs- und bewegungslos auf meinem Stuhl. Nach Beendigung seiner Lektüre imitiert der künftige Gatte mehrfach meinen Übelkeitsausbruch, mal in Zeitlupe, mal im Schnelldurchlauf, legt dabei besonderen Wert auf korrekte Wiedergabe der Begleitgeräusche. Wer den Schaden hat, braucht für den Spott nicht zu sorgen.

Wortlos kehre ich ins Bett zurück, schließe die Augen und döse selbstmitleidig vor mich hin. Wenig später streicht mir eine Hand sanft über den Kopf. Es dauert einige Zeit, bis ich schlaftrunken merke, dass sich Markus auf die Bettkante gesetzt hat. Er hält mir lächelnd eine Schachtel hin. »Laut Apothekerin hilft das am besten gegen Schwangerschaftsübelkeit.«

Und tatsächlich. Nach Einnahme des Safts aus Pfefferminzextrakt, fühle ich mich relativ gut. Gut genug, um mit Markus in unserer Stammkneipe eine Riesenportion Sahnehering mit Kartoffeln zu verdrücken, ohne gleich wieder von Übelkeit überrannt zu werden.

Herrenabend

Um 20 Uhr sind wir mit Karsten verabredet. Falsch. Markus ist mit Karsten verabredet. Auf der Agenda steht: Gediegener Herrenabend statt wildem Junggesellenabschied. Der Trauzeuge möchte den Bräutigam feudal zum Essen einladen und hat hierfür ein immens teures Restaurant ausgesucht.

Da wollte ich immer schon hin! »Ach wirklich? Da geht ihr hin?! Oh, wie schön! Und das Essen soll ganz vorzüglich sein! ...«

Fünf Minuten übergeht Markus meine Aufdringlichkeit, versucht, mich mit einem Grundsatzurteil des BGH zur Bankenhaftung bei fehlerhafter Anlageberatung abzulenken. Nach weiteren fünf Minuten hat er meiner Penetranz nichts mehr entgegenzusetzen und fragt endlich, ob ich auch mitkommen möchte. »Karsten wird schon nichts dagegen haben.«

Hat er nicht, und wenn er es hätte, würde seine Höflichkeit verbieten, es zu zeigen. Karsten ist der höflichste Mensch, den ich kenne. Einige Studienjahre in England scheinen ihn geprägt zu haben. Beim Treffen vor dem Restaurant, begrüßt er mich wie üblich. »Schön, dich zu sehen.«

Meine Vorstellungen von dem edlen Restaurant werden nicht enttäuscht. Gleich nach Betreten nimmt uns ein Ober die Mäntel ab, ein weiterer geleitet uns zu Tisch. Offenbar wurde mein Erscheinen angekündigt, denn es ist für drei Personen gedeckt. Unmengen an Gläsern und Besteckteilen bevölkern den Tisch. Gäbe es die Vorgabe nicht, sich bei Messer, Gabel & Co. von außen nach innen vorzuarbeiten, wäre ich aufgeschmissen. Kaum dass wir sitzen, bringt ein dritter Ober die Getränke- und ein vierter die Speisekarte.

Aus Neugier werfe ich einen Blick in die Weinkarte: Etwa 150 unterschiedliche Sorten, die teuerste Flasche liegt bei 1 300 Euro. Zwar verdient Karsten als Projektleiter in einem weltweiten Konzern ganz gut, doch angesichts der Preise verspüre ich einen ersten Anflug schlechten Gewissens, mich selbst eingeladen zu haben und nehme mir vor, sofern möglich, günstig zu bestellen. Wasser, damit mache ich hoffentlich nichts falsch. Die Herren nehmen Wein.

Der Aufmerksamkeit des Speisekartenobers ist offenbar nicht entgangen, dass nicht ich die Rechnung begleichen würde, denn das mir überreichte Exemplar enthält keine Preisangaben, so muss ich schätzen. Beim Durchlesen der Karte wächst mein schlechtes Gewissen ob meiner Aufdringlichkeit. Nichts findet meine Zustimmung. Gefülltes Kalbsfilet mit Wildreis und Weintrauben, Stubenküken mit Kartoffeltalern auf Champagnerschaum. Würg. Ein Cheeseburger. Das wärs jetzt. Mit Mayonnaise, Pommes und Unmengen an rohen Zwiebeln. Wie nicht anders zu erwarten, gehört meine Wunschmahlzeit nicht zum Repertoire des Küchenchefs und ich entscheide mich für ein hoffentlich magenfreundliches Menü.

Bei Kastaniensuppe, Rehragout mit Polenta-Gnocchi und drei Sorten Sorbet lausche ich Karstens Erzählungen von seinen weltweiten Dienstreisen, die mich jedes Mal faszinieren. Immense Wasserkraftwerke in USA,

Walzen in Südamerika, Turbinen in Thailand. Welch aufregendes Leben!

»Wo warst du letzte Woche?«

»Montag bis Mittwoch in Hapan, henauer hesagt in Hokio«, erzählt der Weltenbummler, bemüht, sein Gähnen zu verbergen.

»Wo?«

»Entschuldigung. Japan, genauer gesagt in Tokio. Anschließend in Rio des Janeiro.« Gähn. »Tut mir echt leid. Ich bin erst heute Morgen wiedergekommen. Und am Montag geht es nach Bilbao. Wolltest du das auch wissen?« Gähn.

»Wir können nach dem Essen gern nach Hause gehen«, bietet Markus an.

»Nein, nein, nein. Das kommt gar nicht infrage!«, wehrt Karsten ab. »Schließlich heiratest du nur einmal. Hoffe ich zumindest. Mit ein bisschen Koffein geht es wieder.«

Nach Essen, Kaffee und Cognac ziehen die Herren weiter in eine Cocktailbar. Ich für meinen Teil habe den Abend ausreichend gestört und verabschiede mich nach Hause. Keiner scheint enttäuscht zu sein.

Schon im Taxi bereitet mir der im Magen aufgekeimte Streit zwischen Rehragout und Waldbeerensorbet Unbehagen. Warum bremst der Fahrer an jeder Ampel denn so abrupt? Muss er sich jedes Mal wie ein Rennfahrer in die Kurve legen? Hoffentlich sind wir bald da! Endlich am Ziel zahle ich schleunigst, eile in die Wohnung, schließe mit einem Tritt die Haustür und spucke Mageninhalt im Wert von schätzungsweise hundert Euro in die Toilette. Danach geht es besser. Karsten werde ich hiervon lieber nichts erzählen.

0.35 Uhr.	Das Telefon klingelt. Markus. Leicht angeheitert informiert er mich über den aktuellen Stand des Herrenabends: Calvados für Markus, Espresso für Karsten gegen den Jetlag, Havannas für beide.
1.12 Uhr.	Calvados und Espresso für beide.
2.16 Uhr.	Vier Calvados und zwei Zigarren später. »Wir fahren jetzt heim.«
2.47 Uhr.	Die Tür wird umständlich aufgeschlossen. Die beiden betreten geräuschvoll die Wohnung.
2.52 Uhr.	Ich vernehme ein dumpfes Geräusch und gehe dem nach.

»Er hat sich auf den Stuhl gesetzt, ist eingeschlafen und mit dem Kopf auf den Tisch gekracht«, meint Markus und zeigt auf den schnarchenden Karsten. »Hallo! Aufwachen!« Es kostet einige Mühe, ihn wachzurütteln. Schlaftrunken murmelt der etwas, das so klingt wie *Ich geh jetzt besser ins Bett* und steht auf.

Ein paar Minuten ist es ruhig. Um 3.11 Uhr: erneut ein Knall. Diesmal aus dem Bad.

»Was war denn das? Sollen wir lieber nachsehen?« Wir versuchen, die Badtür zu öffnen, was sich äußerst schwierig gestaltet. »Da liegt etwas hinter der Tür. Kim, siehst du was?«

Ich blicke durch den Türspalt. »Ja.«

»Was denn?«

»Nicht was. Wen.« Vielleicht hätte der von Jetlag Geplagte direkt und ohne Umweg über das Bad schlafen gehen sollen? »Er liegt in etwa so da.« Ich versuche, die wohl unbequeme Haltung möglichst detailgetreu wiederzugeben, in tiefen Schlaf versunken am Fliesenboden sitzend, die Arme um die Kloschüssel geschlungen, der Kopf auf dem geschlossenen Klodeckel gebettet. »Soll ich ein Foto machen?«

»Nein, nicht doch.« Markus schüttelt irritiert den Kopf. Dann eben nicht.

Markus rüttelt sanft an der Tür, in der Hoffnung, Karsten aus seinem Dornröschenschlaf zu erwecken. »Das bringt nichts.« Markus schiebt die Tür beziehungsweise den dahinter Liegenden so weit beiseite, dass er sich durch den Spalt ins Bad quetschen kann. Ich hinterher. Gemeinsam schaffen wir es, den Schlummernden zumindest halbwach zu bekommen und zum Aufstehen zu bewegen. Keine leichte Aufgabe, denn seine Statur ähnelt der von Helmut Kohl zu Kanzlerzeiten. Deswegen nennen wir ihn gelegentlich Karsten Kohl, was er aber nicht gerne hört.

Am nächsten Tag, 9.30 Uhr.

Die Herren schleichen in die Küche und blicken elend in die Welt. »Gott, ist mir schlecht«, flüstern die von zu viel Alkohol und Tabak Gebeutelten synchron. Neben Mitleid verspüre ich Freude: Heute bin ich mit meiner Übelkeit nicht allein!

»Wollt ihr?« Großzügig biete ich Tütchen meines Pfefferminz-Wundermittels an.

Kopfschütteln. Dann eben nicht. Liebend gern hätte ich die Möglichkeit ergriffen, spontan die Szene nachzuspielen, falls sich einer von ihnen, insbesondere meine bessere Hälfte, übergeben hätte. Leider tut mir keiner den Gefallen.

Shop-Hopping

Am nächsten Tag begebe ich mich auf Brautkleidsuche. Meine Mama kann nach einer Knieoperation im Moment schlecht laufen, sodass sich meine Schwiegermutter in spe bereit erklärt hat, mir bei der Auswahl des Kleides behilflich zu sein.

Irmgard habe ich gar nicht erst gefragt. Unsere Geschmäcker in Kleidungs- und sonstigen Stylingfragen sind vollkommen konträr, und wir würden uns deswegen nur unnötig in die Wolle kriegen.

Obwohl sie die siebzig längst überschritten hat, springt sie auf fast jede neue Mode- oder Lifestylewelle. Früher war Schönheitsfarm, heute ist Wellness, Bodyshape statt Aerobic, Hugo statt Sprizz. Gelegentlich ist sie trotz ihrer Fortschrittlichkeit nicht ganz up to date. Voll im Trend geht sie wöchentlich zum Power-Pilates, allerdings im grellsten 1980er-Jahre-Aerobic-Outfit, das sie in ihrem mehrere Modejahrzehnte umfassenden Kleiderschrank hütet wie einen Schatz. Ob andere über sie tuscheln, ist Paradiesvogel Irmgard völlig egal.

Nicht, dass sie mir nicht gefiele. Im Gegenteil, ich finde sie sehr attraktiv, besonders für eine Frau ihres Alters.

Ich selbst würde mich mit einem solchen, sagen wir mal, sehr selbstbewussten Look ständig overdressed und verkleidet fühlen.

Ginge es nach ihr, müsste ich mir voraussichtlich angesichts der anstehenden Hochzeit erst einmal die Brüste auf mindestens Cup D vergrößern lassen (»Sonst sieht man ja gar nicht, dass du eine Frau bist!«) und mich zur Auffrischung meines üblicherweise blassen Teints stundenlang unters Solarium legen. Anschließend würde sie mir drei Zentimeter lange künstliche Nägel verpassen, die braunen Haare blond durchsträhnen und voluminös hindrapieren und mich zu guter Letzt in ein tüllig laut raschelndes Brautkleid stecken.

Stopp! Jetzt ist meine Fantasie mit mir durchgegangen. Irmgard mag es zwar gern auffällig, den Look eines Pornostars würde sie mir aber sicher nicht überstülpen. Dennoch kämen wir auf keinen grünen Zweig.

Meine Vorsätze: lieber dezent als auffällig, kein Pompon-Kleid mit Spitzenbesatz, Meidung von Brautmodenläden bei meiner Shopping-Tour.

Wir hoppen von Shop zu Shop. Nach etlichen Stunden und erfolglosen Suchsafaris in diversen Kaufhäusern und Läden landen wir planwidrig schließlich doch in einem Hochzeitsfachgeschäft. Ich schlendere durch die Gänge. Kleid reiht sich an Kleid, Tüll in Hülle und Fülle. Ein Eldorado für Liebhaber des Prinzessinnenlooks im Stil von Lady Di. Blondie Dagmar und Clarissa wären begeistert. Vor 25 Jahren wäre auch ich vor Entzückung ausgeflippt.

Heute nicht. Gibt es hier denn nichts Einfaches? Rein aus Neugier stöbere ich in den Oberteilen. *Schlicht* scheint hier ein Fremdwort zu sein, denn auf allen Exemplaren befinden sich mindestens tausend Perlen, Pailletten, Schleifchen oder Spitzen. Wer kauft so etwas? Ich sicher nicht. Trotzdem nehme ich das Angebot einer Verkäuferin an, mir eine Auswahl hiervon zu zeigen. Sie schiebt zuerst mich in eine der geräumigen

Umkleidekabinen und wuchtet dann drei Korsagen hinterher. Können die von selbst stehen?

Zack. Entschlossen zieht sie hinter sich den Vorhang zu. Ihre Anwesenheit wie die der sperrigen und tatsächlich selbststehenden Mieder bereiten mir Unbehagen. Wollte mich die Verkäuferin aus Sorge um die kostbare Ware mit dieser nicht allein lassen? Als sie mir zwar umständlich, aber nicht ohne Geschick eines der perlenbestickten Monstren über den Oberkörper streift, begreife ich: Ich hätte mich bestimmt verletzt, hätte ich diese Aufgabe allein bewerkstelligen müssen. Selbst wenn ihre Gegenwart auch meiner Sicherheit dient, stehe ich wie die anderen Korsagen verloren herum. Eingepfercht, wie in einer Ritterrüstung, fühlt es sich an. Um von meinem Unwohlsein abzulenken, bemühe ich mich um Konversation und erkundige mich, was für einen Haarschmuck mir denn die freundliche Brautmoden-Fachverkäuferin empfehlen würde. Nur nach dem *Schmuck*, nach nichts anderem frage ich.

Kritischen Blickes beäugt sie mein Haupt und entgegnet dann mitleidig lächelnd: »Erst mal ordentlich schneiden.« Betonung auf ordentlich. Ich gebe zu: Rapunzels Haarpracht hätte sicher mehr Potential für eine komplizierte Hochsteckfrisur. Die unterschwellige Unterstellung, meine Frisur sei unordentlich, ist in meinen Augen unverschämt. Ich war gerade beim Friseur! Ab diesem Zeitpunkt sehe ich keinen Bedarf mehr, meine Zeit länger zu verplempern. Ich wusste genau, warum ich nicht in einen solchen Laden wollte. Allein aus Prinzip kaufe ich nichts, obwohl mich das eine oder andere Paar Schuhe schon angelächelt hat. Wie es sich gehört, bedanke ich mich bei der Dame für ihre Mühe und verlasse empört den Ort des Geschehens.

34

Meine Laune bessert sich schlagartig beim nächsten Schaufenster. Es gehört zu keinem auf Braut-Chichi spezialisierten, sondern zu einem ganz normalen Geschäft. Verzückt betrachte ich die Auslagen. So muss sich Aschenputtel gefühlt haben. *Bäumchen rüttel dich, Bäumchen schüttel dich, wirf Gold und Silber über mich.*

Es braucht kein solches Sprüchlein, um mich überglücklich zu machen. Denn in dem Schaufenster warten mein schlicht cremeweißes Kostüm, meine passende Korsage und – ich kann mein Glück kaum fassen – meine weißen Lackschuhe darauf, endlich von mir abgeholt zu werden. Nach über drei Jahrzehnten werden sie endlich mein sein!

Im zarten Alter von zwei nahm mich meine Mutter mit in ein Schuhgeschäft. Nachdem ich an Regalen mit altbekanntem Schuhwerk im Sternchen- und Blümchenstyle vorbeigeschlendert war, betrat ich eine neue Welt: die Abteilung für große Mädchen ab Nummer 35. Mit offenem Mund bestaunte ich das Dargebotene. High Heels, Pumps, Peeptoes in Rosé, Silber Metallic oder gar Gold. Und plötzlich sah ich sie: weiße Ballerinas in glänzendem Lack mit Besatz aus zauberhaft funkelnden Strasssteinchen. Ballerinas, die ich zuvor zwar nie gesehen, doch ohne die ich mein Lebtag nicht mehr sein wollte. Dass zwischen meinen Füßen und dem Traumpaar schlappe achtzehn Nummern Größenunterschied lagen, störte mich nicht. Ich schlupfte hinein und schlurfte mit meiner Beute selig durch den Laden. Jetzt musste ich nur noch meine Mutter vom Kauf überzeugen. Doch welch böse Überraschung erwartete mich? Sie wollte mir mein Glück nicht gönnen, sie verkannte, dass ich dieses eine Paar auf immer und ewig lieben, ich es in den kommenden Jahren hegen und pflegen würde bis zu dem Tag, an dem die Schuhe wie angegossen passen würden. Anstatt mir den Gefallen zu tun, redete die Ignorantin eine Ewigkeit auf mich ein, ich möge die überdimensionierten Schuhe zurück ins Regal stellen. Ich hatte keine Chance, sie vom Gegenteil zu überzeugen! Selbstredend widersetzte ich mich dem autoritären Befehl, sodass meine Feldwebel- und Spielverderber-Mutter die Objekte der Begierde selbst aufräumen musste.

Mit einem nun erbost kreischenden kleinen Mädchen, der das Liebste entrissen worden war, und das sie wie einen Mehlsack über ihre Schulter geworfen hatte, verließ sie, unbeeindruckt von den Tipps der Umstehenden, das Schuhgeschäft. Als sie mich in der Annahme, ich hätte mich beruhigt, auf den Boden stellte und sich zu mir beugte, biss ich zu. In die Wange. Als Reflex bekam ich das einzige Mal in meinem Leben eine geschallert.

Heute werde ich endlich für die Entbehrungen der vergangenen drei Jahrzehnte entschädigt. 32 Jahre nach diesem Scheißtag ist mir der Schuhgott wohlgesonnen! Damit das Glück, zum Greifen nah, nicht wieder an mir vorbeizieht, eile ich in den Laden und hole schleunigst mein Hochzeitsgewand samt strassbesetzten Riemchensandalen aus weißem Lack heim. Drei Einkaufstüten mit kostbarem Inhalt schwingend schlendere ich glückselig durch die Fußgängerzone.

36

Mission Strumpfband

♫ *La la la. La la la la la.* ♫ Ich, stolze Eigentümerin eines Hochzeitsoutfits, in dem ich mich sehen lassen kann, stehe zum Aufhübschen im Bad, während Paolo Conte mich mit italienischem Charme zum Mitkommen auffordert. Im Takt ziehe ich die Bürste durch meine Haare. Leider kann ich der freundlichen Einladung nicht folgen, denn in einer halben Stunde breche ich zu einem Junggesellinnenabschied auf. Und zwar zu meinem.

Ich weiß nicht, wohin, und ich weiß nicht, mit wem. Trauzeugin Saskia hat sich um alles gekümmert, Lokal ausgesucht, Leute eingeladen. Meine einzige Bitte: Keine T-Shirts mit meinem Konterfei und kein Zwang, im Prosecco-Rausch auf der Straße junge männliche Passanten anzusprechen, damit diese mir beistehen, in pinker Puschelunterwäsche zehn Schnäpse auf ex zu leeren.

Dank des Pfefferminzwundermittels ist die Übelkeit auszuhalten. ♫ *It's wonderful. la la la la ...* ♫ Wippend tusche ich meine Wimpern. Bei Verlassen der Wohnung werfe ich einen kurzen Blick in den Spiegel. Ganz passables Ergebnis. ♫ *La la la la la. Du du du du du* ♫

Saskia steht schon am Sendlinger Tor, als ich die Treppen vom U-Bahnhof hochsteige. Bussi links, Bussi rechts zur Begrüßung.

»Wir gehen zuerst ins Harpers and Queens, danach dann, wo es uns hintreibt.« Oh Mann, wann war ich wohl das letzte Mal dort? Vor drei Jahren? Vor vier?

Keine Ahnung. Die Überraschung ist Saskia wirklich gelungen.

20 Uhr. Für Nachtschwärmer zu früh, wir sind fast allein in der Bar. Nachdem ich eine Virgin Mary bestellt habe, eröffnet mir Saskia, wer alles abgesagt hat: Clarissa feiert Geburtstag, Dagmar ist auf Dienstreise, Johanna krank, Anni hat es vergessen. Katja hat zugesagt, das sind immerhin zwanzig Prozent der Eingeladenen. Allerdings kann sie erst gegen elf, da sie vorher bei ihren Eltern zu Abend isst. Mir ist zum Heulen zumute. Menschen, die ich zu meinen engsten Freundinnen zähle und das teilweise seit Jahrzehnten. Keine von ihnen kommt.

So sitzen Saskia und ich ohne Dagmar, Clarissa, Johanna und Anni an einem Tisch, in dessen Mitte ein Reservierungskärtchen mit der Aufschrift *Mission Strumpfband* steht, schlürfen alkoholfreie Cocktails und begehen meinen Junggesellinnenabschied.

Nach ein paar Minuten Enttäuschung steigt die Stimmung. *Na, komm schon, Kim! Du sitzt hier mit deiner Freundin, die sich wirklich Mühe gegeben hat, dir eine Freude zu machen. Jetzt reiß dich mal zusammen!,* raunen meine Körperzellen und ihr kleiner Mitbewohner. Ich bin, was ich bin, und ich lass mich nicht unterkriegen. Die Feierlaune der Kleinen ist ansteckend.

Nach und nach füllt sich der Raum und wir beäugen von unserem Sofa aus die Umgebung.

»Hast du auch das Gefühl, einen Blick in deine Vergangenheit zu werfen?« Früher waren wir hier ein-, zweimal im Monat.

»Jo.« Saskia schlürft mit einem Strohhalm ihren Cocktail.

Wir sind umringt von Mädels Anfang zwanzig, die

aussehen, als seien sie der letzten GNTM-Staffel entsprungen, hier vorglühen und sich anschließend in irgendeinem Club die Nacht um die Ohren schlagen.

Saskia und ich versuchen, die Partylocations einzelner Besucher zu erraten.

»Der mit der Schlabberhose da hinten, bei dem der halbe Po raus schaut, zappelt bestimmt noch im Kunstpark Ost ab.«

»Der Kunstpark hat doch vor Jahren schon geschlossen!«

»Echt?« Da sieht man mal, wie lange ich nicht mehr im Münchner Nachtleben unterwegs war. »Dann geht er eben an einen anderen hippen Ort, wo es viele nette Bunnys gibt.«

»So, die Damen. Darf es eine Flasche Wein, Whisky oder Wodka sein?«, fragt uns ein Ober in schwarzem Hemd und schwarzer Krawatte gelangweilt gegen halb elf.

»Wie bitte?« Aus den Boxen dröhnt die Musik mittlerweile in einer Lautstärke, die jegliche Unterhaltung unmöglich macht.

»Flaschenbestellung? Wein? Whisky? Wodka?« Die gegelten Haare machen aus dem Herrn Ober auch keinen Sympathieträger.

»Und wenn ich keinen Alkohol möchte?« Obwohl ich die Antwort kenne – Nichtalkoholisches bringt nicht den gewünschten Umsatz, kann ich mir die Frage nicht verkneifen.

»Nur an der Bar. Der Tisch ist seit zehn Minuten reserviert.« Für wen? Ich kann weit und breit niemanden erkennen, der auf diesen unseren, angeblich um 22.20 Uhr reservierten Tisch wartet. Würde er mich auch so blöd anreden, wenn er wüsste, wie viele Wodka Lemon ich hier schon käuflich erworben habe?

»Verstehe ich das richtig: Wenn ich eine Flasche Was-auch-immer-Hauptsache-hochprozentig bestelle, darf ich sitzen bleiben, wenn nicht, muss ich gehen?«

»Korrekt. Was ist jetzt?«

»Dann hätte ich gerne eine Flasche Wodka zum Mitnehmen und die Rechnung. Bitte.« Mit Spendierhosen, dem Moskovskaya für verantwortungsfreie Zeiten sowie mit meiner jungfräulichen Marie tänzle ich an die Bar, nicht ohne dem Unsympathen ein fettes Trinkgeld in die Hand zu drücken. »Für den guten Service.«

Saskia tut es mir gleich und lächelt den verdutzten Kellner zuckersüß an.

Als Katja eintrifft, feiern Saskia und ich lauthals singend an der Bar. Dass der *reservierte* Tisch nach wie vor unbesetzt ist, stört uns nicht.

40

Brautmuffin statt Hochzeitsbob

Noch zwei Tage bis zur Hochzeit! Da ich am berühmten schönsten Tag in meinem Leben umwerfend aussehen möchte, soll die vier Wochen alte Frisur eine Auffrischung erhalten.

»Kann ich bitte einen Termin bei Lucy haben?« Lucy ist die Coiffeuse meines Vertrauens. Bei jedem meiner Besuche in den vergangenen zehn Jahren wirft sie einen Blick auf das Kundenkärtchen mit den notwendigen Informationen und los geht es mit der Traumfrisur.

»Die arbeitet hier leider nicht mehr.« Waaaas??? Oh!?! Wo sie jetzt arbeitet, mag mir das Gegenüber am anderen Ende der Leitung nicht verraten. Und nun?

Fiona weiß Rat. Beim Besichtigungstermin – ich Fionas Friseurin, sie meinen Kopf – war ich noch zuversichtlich, hatte ich den Eindruck, sie könne meine Vorstellung in die Tat umsetzen. Bob: Haare alle gleichlang bis zum Kinn, nur Spitzen schneiden, das dürfte kein Problem sein. Dachte ich.

Die Zuversicht schwindet mit fortschreitender Dauer meines Aufenthalts. Als sie nach Farbe und Schnitt aus einer immensen Ansammlung von Rundbürsten ein extra großes Exemplar zerrt, damit meinem Kopf bedrohlich nahe kommt, um Volumen zu erzeugen, ereilt mich bereits die zweite Krise.

Die erste beutelt mich nach Entfernung der Alufolie. Ein ähnlich grässlicher Anblick bot sich vor Jahren bei dem Versuch, selbst Strähnen zu färben. Lucy hatte mir

41

damals aus der Farbpatsche geholfen. Achtundvierzig Stunden vor dem Jawort grinsen breite Streifen in hellstem Platinblond aus meinem sonst dunkelbraunen Haar. *Luuuucyyyy!!! Hiiiilfeee!!!*

Die zweite Malaise wird, wie gesagt, durch die Rundbürste ausgelöst. Meine Vorurteile, dass Frauen jenseits der fünfzig voluminöses Haar als einzige Styling-Variante anerkennen, sehe ich vollauf bestätigt. Aber ich möchte nicht so aufgeflufft umherspazieren.

»Und? Zufrieden?« Glückselig begutachtet Madame Volumen ihr Werk. Die Brautmodenfachverkäuferin wäre sicherlich ebenso hingerissen.

Gleichsam verzückt wischt sich Irmgard eine Träne der Rührung aus dem Augenwinkel. *»Kim, du siehst so toll aus!«*

Das finde ich überhaupt nicht! Ich wollte eine schlichte, klassische Bobfrisur. Das hier ist ein, ein ... Ein Muffin! Ein Brautmuffin im Tigerlook. Zutiefst bedaure ich, nicht meinem Instinkt gefolgt zu sein, der mir geraten hat, niemanden an mein Haupt zu lassen, der über zwanzig Jahre älter ist als ich. Mühelos könnte man mich für Evelyn Hamanns Rolle in dem Sketch mit der Nudel besetzen.

Normalerweise behalte ich Beanstandungen für mich. Heiraten ist eine Ausnahmesituation. »So ..., so ...«, verzweifelt suche ich nach dem passenden Wort, »so *voluminös* geht das auf gar keinen Fall!«

»Wie Sie meinen«, presst die Kritisierte hervor, holt dennoch ihr Glätteisen und bemüht sich eingeschnappt, ihr Werk meinen Wünschen anzupassen. Leider ohne sichtlichen Erfolg. Wenn meine störrischen Haare auf Volumen getrimmt wurden, lässt sich das nicht ohne Weiteres revidieren.

Wie wilde Flugzeuge eines Kinderkarussells kreisen die Gedanken Runde um Runde in meinem Kopf. Der auftretende Fahrt-, besser gesagt Flugwind fördert meine Entschlossenheit. Diese Frisur ist ein absolutes Fixgeschäft im Sinne des deutschen Zivilrechts. Juristisch gesprochen liegt es vor, wenn die Einhaltung der Leistung für den Gläubiger derart wesentlich ist, dass eine verspätete Leistungserbringung durch den Schuldner keine Erfüllung mehr darstellt, weil die Leistung nicht nachholbar ist. Für den Laien übersetzt: Ich brauche meine Haarpracht pünktlich zur Hochzeit am Freitag, nicht am darauffolgenden Montag oder Mittwoch. Wenn Madame Volumen es an diesem einen wichtigsten Freitag, dem Tag der Hochzeit versaut, ist das Thema erledigt, denn ich habe nicht vor, nur wegen ihr die Trauung zu wiederholen. Gedanklich formuliere ich eine Anzeige bei der Friseur-Innung.

Beim Bezahlen stülpe ich demonstrativ die Mütze über, in der Hoffnung, das Volumen zu plätten.

Die Wollmütze ist leider ineffektiv, denn nach deren Abnehmen scheint sich das haarige Ungetüm von selbst wieder aufzurichten. Vielleicht sollte ich einen Skihelm nehmen oder eine Nacht darüber schlafen?

Beim morgendlichen Blick in den Spiegel zucke ich zusammen. Wer ist das? Eine entsetzte Frau mit Wischmopp-Frisur. Mit diesem Kopf kann ich doch nicht bei einer Hochzeit erscheinen, schon gar nicht bei meiner eigenen! Nach einer Stunde erfolglosen Glättens gebe ich auf. Auch waschen nützt nichts, denn schon der Schnitt ist auf Volumen ausgerichtet! Zu allem Überfluss erscheinen mir die blonden Strähnen heute noch greller als tags zuvor. So kann ich nicht heiraten. Es ist Feiertag und kein Friseur hat offen. Heul!

Markus nimmt mich in den Arm. »Kim, wir fahren jetzt zum Flughafen.« Das machen wir gelegentlich, ohne speziellen Anlass im Terminal 2 bummeln, einkaufen. Nette Idee, das wird mich sicher ablenken.

»Und trinken einen Espresso.« Koffein ist immer hilfreich, auch wenn ich nach einem Kaffee sicher noch genauso doof aussehe wie zuvor. »Und nach dem Kaffee gehen wir zum Friseur.«

Ja natürlich! Dass ich da nicht selber draufgekommen bin. Am Flughafen gibt es einen Salon mit fluggastfreundlichen Öffnungszeiten, täglich (!) von 9 bis 21 Uhr, und man braucht keinen Termin. »Wären wir nicht schon zum Heiraten verabredet, würde ich dich jetzt fragen, was du morgen um zehn Uhr machst. Danke!«

Mein Unglück steht mir offenbar ins Gesicht geschrieben, denn bei *Hairstyling Gate 2* werde ich umgehend und reizend umsorgt. Haare waschen, Volumen an den Seiten durch Schneiden reduzieren, Tigersträhnen dunkel übertönen.

»Und Irmgard, wie findest du's?«

»Ganz ehrlich?«

Ich nicke.

»Ein bisschen platt. Etwas Volumen wäre ...« Irmgard sieht davon ab, den Satz zu beenden. Wie gesagt: In Stylingfragen werden wir nie einen gemeinsamen Nenner finden.

Egal. Markus und mir gefällt meine Frisur. Hierauf trinken wir gleich einen Espresso, bummeln ein wenig an den Geschäften vorbei, und ich bewundere mich in jedem Schaufenster. Jetzt kann geheiratet werden.

Ich will

Beim morgendlichen Blick in den Spiegel zucke ich zusammen. Habe ich ein Déjà-vu? Keine vierundzwanzig Stunden zuvor sah ich mich einer entsetzten Frau mit Wischmopp-Frisur gegenüber. Über Nacht haben sich die Strähnen der Armen dank einer chemischen Reaktion neonorange verfärbt. Ich kann doch nicht als Signalboje vor den Traualtar treten?! Oder etwa doch? Je länger ich die eigenwillige Kreation betrachte, umso besser gefällt sie mir. Passend zur Farbkombination auf meinem Haupt und dem fröhlichen Anlass entsprechend wähle ich regenbogenfarbene Unterwäsche. Nicht nur haarfarblich, auch körperlich habe ich mich über Nacht verändert und in meiner Leibesmitte sitzt eine Babykugel von der Größe eines Fußballs. Mit aller Macht quetsche ich den Fußball in die Korsage bis deren Nähte platzen. Egal. Dann ziehe ich eben ein Nachthemd an.

»Guuuuteeeen Mooorgäään Müüüüncheeeen! Es ist 7.13 Uhr. Wir haben Freitag, den 2. November und über das schöne Bayernland wölbt sich ein strahlend blauer Himmel, den auch im Verlauf des Tages kein Wölkchen trüben soll.«

Mechanisch schaltet die rechte Hand den Radiowecker aus. Um sicher zu gehen, dass anders als im Traum der Korsage keine Sprengungsgefahr droht, taste ich den Bauch ab. Kein Fußball. Auch das Spiegelbild gibt keinen Anlass für böse Überraschungen.

45

Zwei Stunden später.

»Sofort anhalten!«

Chauffeur Karsten stoppt ruckartig und dreht sich besorgt um. »Was ist los? Ist dir schlecht?«

»Ich hab mich vertan!«

»Womit? Willst du Markus nicht …?«

»Doch, ich will! Aber schau mal meine Schuhe an!« Anstatt in filigranen, strassbesetzten Riemchensandalen aus weißem Lack stecken meine Füße in klobigen Turnlatschen in Knallrot.

»Dann nimm meine«, bietet Saskia spontan an.

»Deine Füße sind zwei Nummern kleiner!!! Soll ich mir wie Aschenputtels Stiefschwestern einen Zeh oder die Ferse abhacken, damit ich da rein passe?«, pampe ich die Hilfsbereite an. »Wir müssen sofort umkehren!«

»Yes, Madam.«

Zwei Wochen später.

Bernhard hat nicht übertrieben: Die Bilder sind wunderschön. Mein Onkel Bernhard hat es sich nicht nehmen lassen, den Fotografen für die Hochzeit zu organisieren. »Du, Kim, ich habe da jemanden an der Hand. Der Vater von Frieda ist Schauspieler …«

Wer ist Frieda? Und was nützt ein Schauspieler auf meiner Hochzeit? Gibt er vor, Bilder zu machen?

»… und Fotograf. Und der hat schon unglaubliche Fotos von Katharina gemacht. Fast hätte ich meine eigene Tochter nicht erkannt. Wie ein Model sah sie aus.«

Frieda ist wohl eine Freundin meiner vierzehnjährigen Cousine Katharina. Schauspieler und Fotograf? Bei Geräten mit Doppel- oder Mehrfachfunktionen bin ich misstrauisch. Waschmaschinen, die trocknen. Drucker, die gleichzeitig faxen und kopieren. Im Prinzip praktisch, doch streikt eine Funktion, zeigen sich die anderen oft solidarisch und man kann mit dem Ding gar nichts mehr anfangen.

Wie ist das bei Menschen mit mehreren Professionen? Kann ein Schauspieler fotografieren? Muss ich Angst haben, belogen zu werden, wenn uns der schauspielernde Fotograf bei jeder Pose ein klasse Aussehen bestätigt?

Aber: Ein Modellook, zumindest auf den Fotos, hat noch keinem geschadet!

Nun klebe ich old-fashioned Hochglanzabzüge in Deluxe-Qualität ins Album, nachdem ich akribisch je vier Fotoecken draufgefieselt habe.

Der Novembersonnenschein taucht die festgehaltenen Momente in ein besonderes Licht, bei genauem Betrachten kann ich sogar das Lächeln der lieben Sonne erkennen.

Vor der Jugendstil-Villa des Standesamts warteten bei frühlingshaften Temperaturen geladene und Überraschungsgäste wie ungeduldige Paparazzi auf uns, die bald frisch Vermählten, um endlich ein Foto des Brautpaares schießen zu können.

Mehrere Hochzeitsgesellschaften, im Viertelstunden-Takt einbestellt, bevölkerten das Gebäudeinnere.

Auf einem der Fotos stehen Markus und ich ehrfürchtig wie bei der Erstkommunion vor der Standesbeamtin. Unser beider Mundwinkel reichen bis zu den Ohren, er klammert sich an meine linke Hand, ich an ihn und an den Brautstrauß.

Zwei Ziele hatte ich mir gesetzt: Im richtigen Moment zuzustimmen und nicht in Tränen auszubrechen. Wenn doch, hoffte ich auf die Wasserfestigkeit des Make-ups.

Die Zeremonie selbst rauschte an mir vorbei, war wohl erfolgreich, denn nach den obligatorischen Fragen und Antworten (*Wollen Sie, Herr ...? – Ja, ich will. – Wollen Sie, Frau ...? – Ja, ich will.*) schmückte ein goldener Ring meinen Finger.

Meine Übelkeit reduzierte sich an diesem einen Tag von selbst auf ein erträgliches Maß, sodass ich allerlei kulinarische Köstlichkeiten auch genießen konnte. Vormittags Weißwürste und Brezen, abends ein Fünfgänge-Menü. Speisekarte und Fotos einer *Rollata di mozzarella di bufala*, Büffelmozzarella-Roulade, wandern ebenfalls ins Album.

Auch ohne weiße Tauben, rosarote Luftballons, Blumenmädchen in Spitzenkleidchen, pastellfarbene Petit Fours, märchenhaft duftende Rosenbouquets und eine siebenstöckige Traumhochzeitstorte werde ich mich immer glückselig an unser kleines, aber feines Fest erinnern.

Die Beichte

*Zwischen der **XXXX GmbH** (nachfolgend Auftraggeber) und der **YYYY GmbH** (nachfolgend Auftragnehmer) wird der folgende Vertrag geschlossen:*

Zwei Monate nach der Hochzeit sitze ich am Büroschreibtisch und stiere auf den Text vor mir. Eigentlich müsste ich den Vertrag auf rechtliche Lücken, Tücken und Unwirksamkeiten prüfen, doch Konzentration mag sich nicht recht einstellen. Dicke Schneeflocken fallen zeitlupenartig vom Januarhimmel. Leider bleiben sie stumm und behalten wertvolle Tipps für sich.

In Gedanken spiele ich wieder und wieder das Gespräch durch, das ich endlich mit meiner Chefin führen muss. Bald werde ich meinen Zustand nicht mehr verheimlichen können. Morgens ließ sich die Hose nur unter Zuhilfenahme eines Haargummis und Anwendung einer komplizierten Verschlusstechnik um meine Körpermitte drapieren. Ist es möglich, dass ein Bauch über Nacht herausploppt?

Meine morgendliche Übelkeit ist zum Glück Vergangenheit und die Arbeit bereitet Spaß. Verträge entwerfen oder überprüfen, Vertragsverhandlungen begleiten, einfach alles, was in einer Rechtsabteilung anfällt. Meine Chefin, Ellen Richter, ist ein Jahr jünger als ich, sportbegeistert, gelegentlich ungeduldig und meistens gut gelaunt. Von ihrem Privatleben weiß ich nur, dass ihr Freund in Hamburg lebt. Ob in ihrer Lebensplanung eine eigene Familie vorkommt, kann ich nicht einschätzen, und auch nicht, wie sie auf die Schwangerschaftsnachricht reagieren wird. Ich habe das Gefühl, sie persönlich zu enttäuschen, hatte sie sich bei meiner Einstellung auffallend gefreut, endlich eine zusätzliche Mitarbeiterin zu ihrer Entlastung gefunden zu haben.

Ein dumpfes Gefühl sagt mir, dass gerade heute ein guter Tag ist, mit meiner Schwangerschaft rauszurücken. Nicht nur, weil sich mein Zustand bald nicht mehr verheimlichen lassen wird.

Nachmittags fliegen wir gemeinsam nach Hamburg zu einer Besprechung. Mit Lufthansa. Und zufällig weiß ich, dass meine Freundin Niki seit Kurzem bei Lufthansa als Flugbegleiterin arbeitet. Und zwar auf Inlandsflügen. Und ich bin mir sicher, dass sie über Ecken und Umwege die Baby-Nachricht erfahren hat. Und es würde keinen guten Eindruck machen, von Niki im Flugzeug überschwänglich beglückwünscht zu werden, und eine nichtsahnende Frau Richter stünde daneben.

»Liebe Frau Richter ...«, setze ich an. Nein, zu persönlich. Wir sind erst seit gut einem Monat Kolleginnen.

»Sehr geehrte Frau Richter, ...«

»Kindchen, das ist Quatsch. So spricht man doch niemanden an, der einem gegenübersteht.« Irmgard hat recht.

»Oh, Mann. Wenn mir schon die Anrede so schwerfällt, wie soll dann erst das Gespräch werden? Lieber eine E-Mail?«

»Nein. Das ist feige. Nur der Name?«

»Ich soll Sie nur mit Richter ansprechen? Das ist doch total unhöflich! Mit solchen Tipps bestehe ich die Probezeit garantiert nicht.«

50

»Natürlich in Kombination mit Frau. Anrede plus Name. Stell dich nicht dümmer als du bist!«

»Ach so.«

Ich lasse mir Irmgards Vorschlag durch den Kopf gehen, einige der grauen Zellen sind unentschlossen, andere nicken zustimmend. »Frau Richter, ...« Das ist gut. Ein guter Anfang.

»Ja?« Frau Richter sieht mich fragend an. Habe ich laut gedacht? Ich habe gar nicht gemerkt, wie sie das Zimmer betreten hat. Wie lange steht die Chefin da?

»Wann fahren wir denn zum Flughafen?«, ist das Erste, was mir einfällt.

»Gegen drei?«, schlägt sie vor und verlässt den Raum ohne meine Antwort abzuwarten, sodass ich ihr nur stumm hinterher nicken kann. Wollte sie auch etwas von mir?

Die S-Bahn-Fahrt zum Flughafen dauert lang, länger als sonst. Die Kommunikation mit meiner Vorgesetzten ist zäh, nur Belanglosigkeiten wagen sich über meine Lippen. Ich schaffe es einfach nicht, mit meiner Nachricht rauszurücken.

»Flug LH 2078 nach Hamburg ist zum Einsteigen bereit«, schallt es aus den Lautsprechern. Die ersten Passagiere begeben sich zum Gate.

Ich fasse all meinen Mut zusammen. Jetzt oder nie. »Ich muss Ihnen was sagen. Ich bin schwanger.« Das war doch gar nicht so schwer. *Ich bin schwanger, schwanger, schwanger.*

»Ok.« Sie verzieht keine Miene. Schweigen. Ich warte ab. Nichts weiter. Will sie mich quälen oder denkt sie nach? Die zweite Variante wäre mir lieber.

Als mir das Schweigen unangenehm wird, füge ich hinzu: »Das Baby kommt im Juni.«

Sie blöde Kuh. Das hätten Sie auch gleich sagen kön-nen! Dann hätten wir Sie gar nicht erst eingestellt. Nichts dergleichen wird ausgesprochen.

»So bald schon?« Ihre Augenbrauen gehen hoch. Jetzt wirkt sie erstaunt. »Dann müssen Sie sich aber um einen Kinderwagen kümmern. Von einer Freundin weiß ich, dass die lange Lieferzeiten haben.« Sollte sie sauer auf mich sein, hat sie es gut versteckt. Mann, bin ich er-leichtert. Im Moment fällt mir kein weiterer Beitrag zu einer oberflächlichen Konversation ein und es kommt mir gelegen, dass auch wir einsteigen müssen, wenn wir unseren Flug nicht verpassen wollen.

»Hey Kim! Wie geil, dass du schwanger bist!«, tönt es mir beim Betreten des Flugzeugs entgegen. Ich wusste es: Niki arbeitet bei Lufthansa. Jetzt kann ich mich über ihre enthusiastische Reaktion freuen. Beruhigt über das Ausbleiben von Schimpftiraden meiner Vorge-setzten setze ich mich auf Platz A 22 und genieße den Tomatensaft, der nirgendwo besser schmeckt als im Flugzeug.

Muttergefühle

Hallo! Schläft du oder was? Seit gestern kann ich mein sonst so aktives Baby nicht spüren. Die mögliche Ursache mag ich mir gar nicht ausmalen. Sanft rüttle ich am Bauch. Zack! Au. Völlig unerwartet tritt ein kleiner Fuß gegen die Kante des Tisches, vor dem wir thronen, und ich empfinde einen bislang unbekannten Beschützerinstinkt. Gleichzeitig entwickle ich Verteidigungsstrategien, falls der Tisch wagt, zurückzutreten.

Am nächsten Tag.

»Sagst du mir bitte ehrlich, wenn mein Baby hässlich ist?«

»Ganz sicher nicht.«

»Bitte. Vielleicht bin ich geblendet und sehe das nicht.«

»Nein.«

»Und wenn ich dich *ganz* lieb bitte?«

Trotz intensiver Bemühungen kann ich Saskia nicht umstimmen. »Du glaubst doch nicht im Ernst, dass ich dir als frisch gebackene und überempfindliche Mutter reinwürge, dass dein Kind keinen Schönheitspreis gewinnen wird. So unsensibel ist doch keiner.«

Zwei Tage später.

Wieder Baby-Fernsehen, diesmal in 3D.

»Mal sehen, ob wir heute was sehen.« Wie oft hat Dr. Rose diesen Satz wohl schon von sich gegeben? Das wie üblich kühle Ultraschallgel wird großflächig auf meinem Bauch verteilt. Ich weiß, was mich erwartet, und doch zucke ich zusammen, sobald der kalte Glibber meine Haut berührt. Kann man das nicht vorher erwärmen?

Obwohl ich mich sehr auf Karl/Erika freue, der/die seit einigen Wochen durch kleinere oder größere Wölbungen in der Bauchdecke auf sich aufmerksam macht, kommt es mir von dem aufgeflammten Beschützerinstinkt vor ein paar Tagen nicht so vor, persönlich involviert zu sein. Wo sind meine Muttergefühle?

Vielleicht ändert sich das nun. Dr. Rose fährt mit dem Ultraschall-Stab über den Bauch. Auf dem Bildschirm erscheint nicht mehr nur eine Blase, sondern ein richtiges Wesen. Ein kleiner Mensch. Mein kleiner Mensch. Alles dran, Kopf, Körper, Arme, Hände, Beine, Füße. Das wundervollste und schönste Baby der Welt. Ein Mädchen. Lil. Ob Mutter Natur Nebelgranaten geworfen hat, ist mir komplett egal. Fehlte bis eben noch der persönliche Bezug zum Inneren meines Körpers, wirbelt mich der Anblick des puppengleichen Gesichtchens in ein bis dahin unbekanntes Geschehen, nie gefühlte Emotionen erblühen als seien sie im Zeitraffer wachsende Blumen und ich bekomme eine erste Vorstellung von Mutterliebe, der selbstlosesten, verlässlichsten und stärksten Form von Liebe.

Nestbau

Drei Monate später.

Weiße Regale, weißer Teppich auf Parkett, rosafarbene Wände. Hier kann man sich wohlfühlen!

»Kim, schee hammas!« Markus legt seinen Arm um meine Schultern, gibt mir einen Kuss, und wir begutachten stolz das Ergebnis wochenlanger Arbeit, das Kinderzimmer. Vor Kurzem tummelten sich hier noch dicht gedrängt circa vierzig Umzugskartons, deren Inhalt aus- und aufgeräumt werden wollte.

Unheilbar vom Nestbautrieb erfasst, sortierte ich nach der Arbeit stundenlang Bücher ein, warf weg, klebte Steckdosen und Lichtschalter ab. Langsam lichtete sich das Chaos, nach und nach schwand der Charakter der Abstellkammer, den die vielen Kartons dem ehemaligen Wohnzimmer verliehen hatten. Nachdem mein Mann die Wände gestrichen und sich ums Aufstellen der Möbel gekümmert hat, ist ein gemütlicher Ort entstanden, der auf seinen neuen Bewohner wartet.

»Hallo Frau Weiß!«, säuselt eine Frauenstimme durch das Telefon. »Mein Name ist Müller vom Babygeschäft München City. Ihr Kinderwagen kann abgeholt werden.« Das ging aber schnell, der hätte doch erst in sechs Wochen kommen sollen.

In freudiger Erwartung mache ich mich sofort auf den Weg. Die U-Bahn ist feierabendgefüllt und trotz basketballgroßem Babybauch bietet mir keiner der anderen Fahrgäste einen Sitzplatz an.

Bei Frau Müller angekommen, nehme ich unseren vor Monaten bestellten Kinderwagen entgegen.

Abgeschreckt von der Herfahrt, laufe ich die vier Kilometer bis nach Hause zu Fuß. Die Handhabung des Wagens ist ungewohnt, ungelenk hantiere ich die neue Errungenschaft um entgegenkommende Passanten oder Radfahrer. Wieso weiche eigentlich immer ich aus? Gleichzeitig bin ich bemüht, gegen leise anklopfende Wehen anzukämpfen, was meinem Tempo nicht gerade förderlich ist. Zwei Stunden brauche ich für den Weg, der unter Normalumständen in dreißig Minuten geschafft werden kann.

Meine Hemmungen verfluchend – hätte ich doch lieber die Bahn genommen – lege ich mich zu Hause fix und fertig in die Badewanne, wodurch zum Glück auch die Wehen wieder verschwinden.

Bettchen, Wickelkommode, Babykleider. Fehlt alles noch. Aber immerhin: Das Thema Kinderwagen ist erledigt und in dem kann das Püppchen im äußersten Notfall auch schlafen.

Knet 1

»Achtung, jetzt wird's gleich frisch!«, warnt Ines, bevor sie ihre trotz der lauen Frühlingstemperaturen kalten Hände auf meinen verspannten Rücken absenkt. Physiotherapeutin Ines ist eine wahre Wunderheilerin. Nach Umzug, Renovierungs- und Einrichtungsarbeiten muss ich meinem Körper, besonders meinem Rücken, etwas Gutes tun. Bewegung würde vielleicht auch gegen die Verspannungen helfen, doch zu meinem großen Bedauern vertragen sich Liegestützen, Bauchmuskeltraining oder herkömmliche Yoga-Übungen nicht mehr mit meinen neunzig Zentimetern Bauchumfang. Deshalb Massage. Auf der Seite liegend klappt das ganz gut und ich betrachte das wandgroße Bild einer lila Orchidee, das im Zusammenspiel mit dem Duft von Lavendelöl an die ungemein beruhigende Atmosphäre eines tibetanischen Klosters erinnert. Dezente Klangschalenlaute unterstreichen die friedliche Stimmung.

Ines' Größe und Statur entsprechen den Maßen von Madonna, klein und gertenschlank. In ihren Händen hat sie eine solche Kraft, dass sie es jederzeit mit einer zwölf Maß-Krüge stemmenden Wiesn-Bedienung aufnehmen könnte. Während sie meine Muskeln durchknetet und walkt, erzählt sie von ihrem Sohn. »Wenn der Linus nicht in der üblichen Manier duschen will, müssen Alternativen her.«

Eine Kerze flackert ruhig vor sich hin.

»Darf ich dir einen Erziehungstipp geben? Verlass dich auf dein Bauchgefühl, auf nichts und niemanden sonst. Alle Ratgeber, alle Schlauberger, die meinen, dein Kind in Kategorien und Schubladen stopfen zu können, kannst du für meine Begriffe in die Tonne hauen. Aktuelles Beispiel: Trotzphase. Angeblich spielt sich die im Alter zwischen zwei und fünf ab. Pustekuchen. Mein kleiner Mann ist acht und versucht, bei jeder Gelegenheit seinen Willen durchzusetzen. Nochmal angeblich braucht man nur Konsequenz und Geduld, damit der Trotzkopf das tut, was du möchtest. Nochmal Pustekuchen. Bei uns helfen nur drastische Maßnahmen. Fünfmal habe ich Sohnemann freundlich gebeten, ins Bad zu kommen. Kein Erfolg. Nach der sechsten Aufforderung hab ich ihn kurzerhand gepackt und komplett bekleidet von oben bis unten abgebraust. War der sauer!«

Ines unterbricht die Massage, um sich vor Lachen auf die Schenkel zu klopfen. Ein Windhauch lässt die Kerzenflamme aufgeregt tanzen.

»Er tat mir natürlich leid. Tropfnass und vor Wut heulend hat er sich die durchweichten Kleider vom Körper gerissen und gegen die Fliesen gepfeffert. Aus Rache hat er mein Luxus-Shampoo über die Klamotten verteilt, ist wie ein Derwisch auf der Hose rumgehüpft, laut brüllend: *Ich hasse sie! Wenn sie mich nicht geboren hätte, würde ich sie noch mehr hassen!*«

»Hat dich das nicht verletzt?«

»Wenn es ernst gemeint gewesen wäre, ja. Aber da ich meinen Kandidaten kenne, weiß ich, dass ihm Wutausbrüche schnell leidtun. Außerdem hatte er allen Anlass, ärgerlich zu sein. Schließlich war ich auch nicht besonders nett, als ich ihn in voller Montur von oben bis unten abgeduscht habe.«

»Und wie hast du reagiert?«

Ines kreuzt ihre Hände vor der Brust. »Ich muss bei dem ganzen Trara meine Autorität bewahren, also hab ich mich zusammengerissen, um nicht lauthals loszuprusten. Auch wenn ich nicht fürsorglich und pädagogisch korrekt gehandelt hab, effizient war die Aktion. Seitdem pariert der Kerl.«

Nach vierzig Minuten klatscht Ines auf meinen Rücken und pustet die Kerze aus. »Meine Liebe, bis zum nächsten Mal!«

Ob ich den auf meinem Nachttisch liegenden Ratgeber entsorge, entscheide ich, nachdem ich zumindest einen Blick reingeworfen habe.

Don't panic

11. Woche: *Kümmern Sie sich um einen Vorbereitungskurs, da diese oft sehr früh ausgebucht sind!*

Markus diskutiert im Besprechungszimmer der Kanzlei mit Kollegen die Wirksamkeit einer Vertragsklausel und ich blättere zu Hause mehr aus Pflichtgefühl denn aus Interesse in *Ohne böse Überraschungen ins Babyglück*, einem Ratgeber zu Schwangerschaft und Geburt.

16. Woche: *Wenn Sie dies noch nicht getan haben, melden Sie sich jetzt zu einem Geburtsvorbereitungskurs an!*

Na, gut, dass ich das gelesen habe! Gleich morgen kümmere ich mich drum. Doch ..., Moment mal. Zur Sicherheit schlage ich im Mutterpass die Übersicht mit den Kontrollterminen auf. Letzte Woche hat Dr. Rose bei der Schwangerschaftswoche *26+3* eingetragen. Folgerichtig müsste ich in der 28. Woche sein.

Oooooooooooh!!! Spätestens vor zwölf, besser noch vor siebzehn Wochen hätte ich mich anmelden sollen! Wo ist die Uhr, deren Zeiger ich zurückdrehen kann? Was mache ich denn jetzt bloß?

Kurz stockt mein Atem, hektisch-panische Schübe gehen durch meinen Körper. »Irmg...« Nein, ich kann nicht wegen jedem Klacks nach Hilfe rufen. Selbst ist die werdende Mutter! Das habe ich kürzlich irgendwo gelesen.

Deshalb beschließe ich: nicht mit mir! Ich habe einen Kinderwagen mit integriertem mobile Home und ein Basis-Nest für den Bauchzwerg. Und überhaupt: Die allerorts lauernde Panikmache kann mich langsam kreuzweise. Würde ich jedem Versuch, mir ein schlechtes Gewissen einzureden, nachgeben, wäre ich ein nervliches Wrack. Abhängig vom jeweiligen Stadium (erstes, zweites, drittes Drittel der Schwangerschaft, Nachgeburtsphase, ...) variieren die Themen. Angefangen von pränatalen Kursen über postnatale Betreuung bis hin zu angeblich lebensnotwendigen Utensilien. Aqua-Schwangeren-Yoga, Nachsorgehebammen oder Leih-Milchpumpen: *Was, das hast du nicht – und vor allem nicht rechtzeitig – eingeplant?* Drohend hängt das Damoklesschwert entweder *komplett ausgebucht* oder *bis auf Weiteres vergriffen* über mir. Es wird immer dasselbe Ziel verfolgt, nämlich die werdende oder gerade gewordene Mutter in Panik zu versetzen.

Wie gesagt: Nicht mit mir! In aller Ruhe vertilge ich den Inhalt meiner zweiten Packung Choko Crossies, warte weitere fünf Wochen, bis ich mich wehenmutig für drei Geburtsvorbereitungskurse ab der 37. Woche anmelde. Das muss reichen. Und wenn Baby-Lil das Licht der Welt erblicken möchte, bevor ich eine Geburtseinweisung erhalten habe, soll es eben so sein. Generationen von Frauen vor mir haben das auch ohne Theorie geschafft.

Ohne böse Überraschungen ins Babyglück fliegt in hohem Bogen in den Müll.

Krippen-
konkurrenz

Auf der To-do-Liste findet sich ein unerledigter Punkt, der mir Kopfzerbrechen bereitet: die Kinderbetreuung. Pflichtbewusst habe ich meine berufliche Rückkehr für den ersten Oktober des Folgejahres angekündigt. In Teilzeit. Bei Vollzeit wäre ich unter der Woche mindestens elf Stunden täglich außer Haus. Abgesehen davon, dass es einen enormen Organisations- und Kostenaufwand bedeuten würde, für mindestens 55 Wochenstunden eine Fremdbetreuung zu finden, möchte ich das unserer Familie nicht zumuten. Wofür bekomme ich denn ein Kind? Damit Erzieher mehr Zeit mit ihm verbringen als ich und ich es nur morgens, abends und an den Wochenenden sehe? Als nette Freizeitbeschäftigung nebenbei?

Auch ohne Vollzeitverpflichtung fühle ich mich hin- und hergerissen. Einerseits will ich keine Rabenmutter sein, die ihr Junges schon im zarten Kleinkindalter in fremde Hände gibt, andererseits möchte ich wieder das tun, was ich gelernt habe, und Pampers & Co. gibt es auch nicht umsonst.

Schon jetzt ahne ich, dass der erste Krippentag für mich grauenhaft sein wird. Bei der Vorstellung, mein winziges Püppchen anderen, wenn auch nur stundenweise, zur Betreuung zu überlassen, krampft sich mein Magen zusammen. Nach einer schwedischen Studie sollen Menschen, die bereits mit einem Jahr eine Kinderkrippe besucht haben, glücklicher sein als solche, die mit drei in den Kindergarten gekommen sind. Ich hoffe, dass die Studie recht hat.

Der Andrang auf Kinderkrippen ist groß und das entsprechende Angebot klein, um einen Platz konkurrieren zehn Kinder. Halt dich ran, Kim!

Auf der Homepage der Stadt erscheinen bei Eingabe des Stichworts *Kinderbetreuung* zahlreiche Angebote für die verschiedenen Altersgruppen, 0–2 Jahre, 3–6 Jahre, 6–10 Jahre. Ein paar Mausklicks später sieht sich der Betrachter einer beinahe unendlichen Liste mit Kontaktdaten, näheren Informationen und gegebenenfalls Links zur jeweiligen Website gegenüber. Dass sich dahinter oft ellenlange Wartelisten verbergen, ist aus dieser Perspektive nicht erkennbar.

Ich klicke mich von Link zu Link. Bei einer Homepage bleibe ich hängen. Ist das Fake? Schon die Kleinen üben sich in Yoga und gehen zweimal pro Woche in die Sauna im krippeneigenen Wellnessbereich? Als Einjährige? Der Spaß kostet schlappe 1 200 Euro im Monat. *Auch Kinder sollten mal die Seele baumeln lassen!*, wird die Sache beworben. Reicht bloßes Spielen, Basteln und Singen nicht? Was kommt als Nächstes? Ausflüge zur Schönheitsfarm im Kindergarten, Nasenkorrektur und Brustvergrößerung in der Grundschule? In meiner Kindheit war Sauna was für alte Leute, und wir sind stattdessen in den Zoo oder auf den Bauernhof.

Auf der Suche nach Bodenständigkeit begebe ich mich im achten Monat zu einer städtischen Krippe, um mein Ungeborenes auf die Warteliste für das darauffolgende Jahr setzen zu lassen. Von Anmelden ist ja gar nicht erst die Rede. Schlagartige Ernüchterung tritt ein, als dort Frauen, viele Frauen, die nicht sichtbar schwanger im zweiten oder dritten Monat sind, dasselbe Ziel verfolgen. Circa dreißig Ein- bis Dreijährige und zwei Erzieherinnen besetzen zusätzlich den Raum. Ein sehr kleines Mädchen verfolgt einen noch kleineren Jungen mit einer Bürste, um ihm die Haare zu kämmen, wogegen dieser sich schreiend zur Wehr setzt. Die anderen 28 Stöpsel spielen oder toben, allesamt laut, polternd, ohrenbetäubend. Die Erzieherinnen trinken Kaffee und unterhalten sich unbeeindruckt von der Geräuschkulisse. Was für ein ungastlicher Ort. Kann man sich an einen solchen Lärmpegel gewöhnen?

Nach einer Stunde Wartezeit in den Turbulenzen des Krippenraums bin ich an der Reihe. »Ich bearbeite gerade die Anträge, die vor ein bis zwei Jahren gestellt wurden«, teilt mir die für Neuanmeldungen zuständige Dame auf meine Frage nach den Chancen auf einen Platz mit.

In meinem Gehirn arbeitet es. Durchschnittlich liegen etwa eineinhalb Jahre zwischen Antrag und Bearbeitung. Das könnte gerade so klappen, Lil ist dann zwischen fünfzehn und achtzehn Monate alt. Ein Hoffnungsfunke wächst. »Dann verschicken Sie gerade die Zusagen?«

Das Mitleid in ihren Augen lässt den Funken im Keim ersticken. »Leider nein. Überwiegend Absagen.« Wie vielen Eltern sie diesen Satz wohl schon sagen musste? Offenbar ist mir die Enttäuschung deutlich anzusehen, denn aufmunternd fügt sie hinzu: »Die Stadt hat ihr Anmeldesystem umgestellt und Sie können heute gleich bei mir Ihr Kind noch in sechs weiteren Einrichtungen vormerken lassen.« Bekomme ich dann sieben Absagen auf einmal?

Gerüchten zufolge sind auf der Warteliste für besagte Einrichtung 1 200 Krippenkonkurrenten vor uns eingetragen. 1 200! Es sind dreißig Plätze vorhanden und wenn ich unrealistisch zu unseren Gunsten die These aufstelle, dass diese Gruppe jährlich komplett erneuert wird, würde dies unter der Voraussetzung, dass der Reihe nach vorgegangen wird, eine Wartezeit von vierzig Jahren bedeuten. Demnach hätte meine Mutter fünf Jahre vor meiner Geburt ihren Enkel/ihre Enkelin in spe bereits auf die Warteliste setzen müssen. Dass meine Mutter diesen Punkt im Jahre 1968 nicht bedacht hat, ist schon allerhand.

Trotz Resignation nehme ich das Angebot zur Vormerkung in sechs weiteren Krippen an. Nur damit ich das Gefühl habe, etwas getan zu haben.

Nach Verlassen des Orts der Entmutigung berichte ich Markus niedergeschlagen das Erlebte.

»Lass den Kopf nicht hängen, Kim. Bis unser Baby in die Krippe kommt, dauert es noch über ein Jahr. Irgendein lauschiges Betreuungsplätzchen wird sich schon finden.«

Eine halbe Stunde später eine SMS von Markus.

> Die warten zu Hause auf dich. Bussi Markus

... und ein Foto von Schokoküssen. Unter anderem hierfür liebe ich meinen Mann. Dafür, dass er aus Kleinigkeiten Großartiges macht.

Um mein Projekt *Kinderbetreuung* möglichst zeitnah zu einem erfolgreichen Abschluss zu bringen, kratze ich all meine Motivation zusammen, rufe am nächsten Morgen um halb acht vor der Fahrt ins Büro bei einer Elterninitiative an und rezitiere brav mein Sprüchlein. *Ich suche für mein Ungeborenes ...*

»Da sind Sie aber früh dran!«, entgegnet eine sympathische Frauenstimme. Meint sie die morgendliche Uhrzeit? Hätte ich erst ab acht ...? Überrascht, dass mir nicht schallendes Gelächter durch den Hörer entgegenschlägt, erwidere ich nichts.

»Hallo, sind Sie noch am Apparat? Hätten Sie eine andere Antwort erwartet?«

»Ehrlich gesagt, ja.« Ich erzähle von meinen bisherigen Erfahrungen mit städtischen Einrichtungen.

»Bei uns privaten Krippen ist das anders. Sie können Ihr Kind etwa ein Jahr vor dem Eintrittstermin bei uns auf die Liste setzen lassen. Ihre Daten nehme ich schon mal auf.«

Das klingt hoffnungsvoll. Die Sache hat aber einige Haken:

Erster Haken: In regelmäßigen Abständen wird vor versammelter Elternrunde über Fortschritt und soziale Integration der einzelnen Gruppenkinder diskutiert. Das gesteigerte Aggressionspotenzial des kleinen Finn oder Leonies Entwicklungsverzögerung sind bestimmt wert, thematisiert zu werden. Aber vor dem kompletten Elternkreis? Der juristische Verstand ruft mir empört Stichwörter wie Datenschutz oder Verletzung von Persönlichkeitsrechten zu.

Zweiter Haken: Es wird eigenhändiger Einsatz der Eltern erwartet, wie regelmäßiges Kochen oder Putzen. Kann ein Kind exkommuniziert werden, wenn jemand die elterlichen Koch- und/oder Putzqualitäten für unzulänglich hält?

Dritter und größter Haken: bereits die Aufnahme. Sofern bei Freiwerden eines Platzes ein Kind vom Alter und Geschlecht in die Gruppe passen sollte, wird zunächst die Gruppenkompatibilität der Eltern in einem Bewerbungsgespräch überprüft. Bei Versagen muss der Abkömmling unbesehen draußen bleiben.

Trotz der drei Haken lasse ich mich nicht abschrecken und notiere den Anmeldetermin im September ein Jahr vor Krippeneintritt. Dann diskutiere ich notgedrungen vor versammelter Runde, kochen und putzen muss ich auch zu Hause und Bewerbungsgespräche habe ich letztes Jahr zu Genüge geübt.

In meinem Flow telefoniere ich die Krippenliste weiter ab. Ein durchdringender Ton pfeift schmerzhaft ins rechte Ohr. Mal wieder die Faxnummer gewählt? Beim zweiten Anlauf meldet sich eine Frauenstimme.

»Private Spiel- und Krabbelgruppe. Hallo. Was kann ich für Sie tun?« Kaum zu glauben: Nach Schilderung meines Anliegens bekomme ich zu hören, dass im Herbst *selbstverständlich immer* Plätze frei sind, ich könne mir bei Gelegenheit die Einrichtung ansehen.

Selbstverständlich immer Plätze frei? Hat eine Praktikantin etwas falsch verstanden?

»Wollen Sie gleich kommen?« Der netten Einladung folge ich sofort. Ich gebe kurz in der Arbeit Bescheid, dass ich mich verspäte.

Bei meinem Eintreffen nach nur fünf Gehminuten und einem zwanzigminütigen Gespräch muss ich mich zwicken, um sicher zu sein, nicht zu träumen. Es gibt keine Diskussionsrunden zu individuellen Entwicklungsfragen, Eltern müssen sich nicht in den Krippenalltag einbringen, es kochen die Erzieherinnen, und es gibt einen professionellen Reinigungsdienst. Und: Es finden keine Bewerbungsgespräche statt.

Der Anblick des Gruppenraums erobert sofort mein Herz: Jedes Kind hat sein eigenes kleines Bett, einen liebevoll gestalteten Platz an der Garderobe und einen weiteren für Wechselwäsche, es wird gebastelt und gesungen und neben vielen zauberhaften Spielsachen bietet ein riesiger Garten samt Sandkasten Platz zum Tollen und Toben.

Nur bei den monatlichen Kosten muss ich schlucken. 650 Euro. Doppelt so hoch wie bei den bisherigen Einrichtungen. Dennoch hätte ich den Vertrag sofort unterschrieben. Die nette Leiterin rät mir jedoch, in Ruhe darüber nachzudenken, meinen Mann auch einmal mitzubringen und dann zu entscheiden. Sie wird schon wissen, weshalb sie dies tut.

Allzu lange darf nicht gewartet werden. Denn bei jedem weiteren Besuch an den beiden Folgetagen, ob mit oder ohne Mann, steigt der monatliche Beitrag um zehn Euro. Um keine weitere Inflation zu riskieren, schlagen wir am dritten Tag für 680 Euro monatlich zu.

Den Termin im September zur Anmeldung in der Elterninitiative kann ich getrost streichen und dass ein Jahr später vierzehn Absagen der städtischen Einrichtungen unseren Briefkasten zum Überquellen bringen werden, wird mich nicht weiter tangieren.

Der Countdown läuft

Mai und Mutterschutz! Kein Aufstehen in aller Herrgottsfrühe, kein vierzig Kilometer langer Arbeitsweg, der mir, seit der Bauch kaum mehr hinter das Lenkrad passt, von Tag zu Tag unangenehmer wurde.

Mit Krippenplatz und ohne Arbeitsstress kann ich mich nun voll und ganz den Dingen rund um Schwangerschaft, Geburt und Baby widmen. Juhu! Was andere in drei Monaten absolvieren, muss ich in drei Wochen schaffen, die mir wahrscheinlich höchstens zur Geburt verbleiben. Ich durchlaufe das komplette Programm einer modernen Hebammenpraxis: Geburtsvorbereitungskurs mit und ohne Partner, Schwangeren-Yoga, Akupunktur – mehrfach wöchentlich.

Geburtsvorbereitung mit Partner, Samstag, 10.12 Uhr. Elf werdende Elternpaare reihen sich ordentlich nebeneinander in einem rosa gestrichenen, etwa fünfzehn Quadratmeter großen Raum im Kreis. Wie Perlen einer Holzkette, eine längliche, eine dicke runde, eine längliche, eine dicke runde, ... Zu meiner Rechten hockt meine längliche Perle im Schneidersitz. Beckenboden, Gebärhaltungen, Nachgeburt, Wochenfluss und alle Worte, die mit Damm beginnen: -riss, -schnitt, -massage. Auf mich als direkt Betroffene wirken diese Begriffe abschreckend. Wie muss es erst einem Mann ergehen? Die Gesichtsausdrücke der meisten anderen werdenden Väter reichen von neutral bis zermürbt. Nur einer verfolgt erstaunlich interessiert die Ausführungen von Hebamme Vera zur Geburt und deren Vorbereitung, streichelt beinahe mechanisch den Kugelbauch seiner Liebsten. In der Vorstellungsrunde lächelt er, als werbe er für die Sparkassen-Altersrente. »Wir sind in der 28. Woche, oder Hasenöhrchen?«

Bei Schweinebraten in Dunkelbiersoße fragt Markus vorsichtig: »Du, Kim. Müssen wir eigentlich den ganzen ...?«

»Nein. Müssen wir nicht.«

Während uns zwei Familienbecher Vanilleeis mit heißen Himbeeren serviert werden, hecheln die Verbliebenen in der nachmittäglichen Kurseinheit gemeinsam und üben die lange Aaaaaaaaa-Atmung gegen Wehen.

Vier Tage später.

An einem schönen Dienstagabend im Mai betrete ich wieder den rosa gestrichenen, etwa fünfzehn Quadratmeter großen Raum in der Hebammenpraxis. Geburtsvorbereitung ohne Partner. Umständlich hieve ich meinen schwerfälligen Körper auf eines der Kissen am Boden. Walross ist das Tier, dem ich aktuell am meisten ähnele.

Mir gegenüber sitzt ...? Hasenöhrchen! Fast bei jedem Besuch meines Schwangeren-Intensivprogramms kreuzen sich unsere Wege, obwohl sie, wenn ich mich recht erinnere, noch über zwei Monate Zeit bis zur Geburt hat.

Wenn ich ehrlich bin: Ich beneide sie. Rückblickend hätte ich mir gerne ab SSW 28 auch gedanklich eine Vollzeitschwangerschaft gegönnt, meinte aber, fast bis zum Schluss voll arbeiten zu müssen, weil ich mir oder meiner Umwelt beweisen wollte, dass das ohne Probleme möglich war.

Den Geburtsvorbereitungskurs ohne Partner leitet Samira, eine Perserin um die dreißig. Allein aufgrund ihres Äußeren, schwarze, streng zurückgebundene Haare, dunkel geschminkte Augen, ketchup-roter Lippenstift und Nagellack, schwarze Lederleggings, hätte ich sie an einem anderen Ort als in einer Hebammenpraxis vermutet. Zum Domina-Outfit hätten nur Handschellen und eine kleine Peitsche aus Lack oder Leder gefehlt. Aber: Never judge a book by its cover!

Zu den üblichen Punkten der Vorstellungsrunde – Name, Alter, Geburtstermin und -klinik – gesellen sich weitere Fragen an die Teilnehmerinnen: *Wie geht es euch aktuell? Wie ging es euch in den vergangenen Wochen? Das wievielte Kind bekommt ihr? Welche Erfahrungen habt ihr bei bereits erlebten Geburten gemacht?*

Der Kurs ist bunt gemischt, die meisten erwarten ihr erstes Kind, andere das zweite, wenige das dritte. Nach zwei Erstgebärenden ohne große Komplikationen im bisherigen Verlauf erzählt eine kleine, zierlich gebaute Frau, Mitte dreißig. Dem Bauchumfang nach zu urteilen: 38. Woche. Sie habe bereits zwei Jungs, zwei und drei Jahre. Ihr Mann habe sie zu einem dritten Kind überredet. Und nun sei sie mit Zwillingen schwanger. »Zwanzig Kilo mehr bringe ich auf die Waage, obwohl der errechnete Termin erst in drei Monaten ist!«

Das bedeutet, sie ist etwa in der 27. oder 28. Woche? Im Vergleich dazu: Hasenöhrchen hat deutlich weniger zugenommen.

»Ich freu mich zwar ungemein, weiß aber überhaupt nicht, wie ich das schaffen soll. Da denkst du, alles zu kennen, alles erlebt zu haben und dann gratuliert der Arzt zur Zwillingsschwangerschaft.« Ihr Blick zeigt Freude und Verzweiflung. »Um eine Putzfrau habe ich mich schon gekümmert, Zwillingsbett und -wagen stehen auch bereit. Aktuell streite ich mit meiner Krankenkasse um eine Haushaltshilfe. Die wird angeblich nur in Notfällen bewilligt. Ehrlich gesagt, ich fühle mich als Notfall. Aber vielleicht muss ich erst umkippen und dauerhaft ins Krankenhaus eingewiesen werden.«

Wir anderen schweigen betroffen. Besonders bei uns Erstgebärenden zeigt sich eine Mischung aus Respekt, Mitleid und Entsetzen.

Ursprünglich wollte ich von einer schier unerträglichen Übelkeit in den ersten Wochen erzählen und im Kreise verständnisvoller Leidensgenossinnen mein Elend beklagen.

Berichte über chronische Nausea (Dauerübelkeit), Wassereinlagerungen in Beinen, Armen oder gar im Gesicht, schmerzende Krampfadern, denen allein mit einer Operation beizukommen ist, lassen mich umdisponieren und die Frage nach meinem Wohlbefinden mit *Alles fein* zu beantworten.

Nach unseren Schilderungen ergreift Herrin, nein Hebamme Samira das Wort zu den kursspezifischen Themen. Nun in der 38. Woche erfahre ich, dass Magnesium vor drei Wochen hätte abgesetzt werden sollen und all die Liter frisch gepressten Orangensaftes nicht hätten getrunken werden dürfen. Zu viel Zucker für den schwangeren Körper.

Was tun? Fliehen, um nicht Kenntnis von weiterem Fehlverhalten zu erlangen? Nein! Ich vergebe mir großzügig, schließlich wusste ich es nicht besser. Aufmerksam lausche ich Samiras Vortrag, um künftig

Inkorrektheiten von vornherein zu vermeiden, und notiere wie eine Erstsemesterin eifrig das Gehörte.

Was ist eine Spontangeburt? – Eine extrem schnelle Geburtsvariante! – Falsch! Eine Spontangeburt ist eine natürliche Geburt ohne Wehenförderung, unabhängig von der Dauer. Aha.

»Erdbeeren, Ananas, Sushi, Bohnen, Zwiebeln, Knoblauch, Salami, Rohmilchkäse ...«

Wenigstens nach der Geburt muss ich mich bei der Ernährung nicht einschränken.

»Verboten! Leider, leider.« Samira lächelt. Der Verzehr kann zu Ausschlag oder Blähungen beim Baby führen.

Irre ich oder bereitet es Samira Freude, die Bestandteile unseres Speiseplans radikal zu minimieren? Soll ich sie auch ein wenig ärgern und behaupten, mich aus Überzeugung gegen eine Spontangeburt und für einen Kaiserschnitt entschieden zu haben? Das Risiko, deswegen des Raumes verwiesen zu werden, wie es in Geburtshäusern schon vorgekommen sein soll, gehe ich jedoch lieber nicht ein.

Nach dem Kurs muss ich mich in der Eisdiele gegenüber stärken, um all die neuen Informationen zu verdauen. Bei einem Spaghetti-Eis und anschließendem gemischten Eisbecher (klein) – Eis hat Samira nicht verboten – gehe ich meine Notizen durch. *Wo Knoten Unterkiefer hin*. Was habe ich damit gemeint? Welcher Sinn steckt hinter den Worten: *Gelbe Kinder zwischen zwei Brustenstillen wickeln*? Wozu ich den *Dampf-Sterilisator* aufgeschrieben und mehrfach umkreist habe, kann mir natürlich auch keine meiner Gehirnzellen verraten. Endet diese geistige Umnachtung mit der Geburt?

Zu Hause wartet eine riesige Sushi-Auswahl. Reinlegen könnte ich mich da, besonders in die California

Insideout-Makis! Dass roher Fisch ganz oben auf der schwarzen Lebensmittelliste stand, vergesse ich.

Eine Woche später thronen Bauch und der im Vergleich dazu mickerige Rest meines Körpers auf dem Sofa. »Komm! Schnell!«, rufe ich aufgeregt. »Die Dame im Fernsehen kenn ich!«

Mein Mann hantiert hektisch mit Pfanne, Topf und Tellern. 20.13 Uhr. In zwei Minuten beginnt der *Tatort*. In diesen zwei Minuten muss er Rollfleisch, Kartoffeln und Karotten auf zwei Tellern anrichten und unbeschadet ins Wohnzimmer transportieren.

Rollfleisch ist eine von Markus' vielen Kochkreationen. Dünn aufgeschnittenes Kalbsschnitzel mit einer Scheibe Schinken und Käse zu kleinen Rouladen geformt und in der Pfanne gebraten. Unbeschreiblich köstlich. Es schmeckt am besten zu verstaubten Krimifolgen wie der heutigen, *Weissblaue Turnschuhe,* Erstausstrahlung 1973, mit Gustl Bayrhammer als Kommissar Veigl und Helmut Fischer als Assistent Kommissar Lenz. Auf die Folge freuen wir uns, besonders Markus, schon seit Langem.

Als der Meisterkoch die üppig beladenen Teller durch die Tür jongliert, läuft bereits die seit Jahren unveränderte Musik des Vorspanns.

»Jetzt ist es vorbei«, sage ich enttäuscht.

»Was ist vorbei? Der Tatort fängt doch gerade an«, fragt Markus ungeduldig. Er hasst es, den Anfang eines Films zu verpassen.

Dementsprechend muss ich rasch reden.

»DiekennichdieNachrichtenmoderatorinMitderhabeichmichheutefasteineStundeimScheideggerunterhalten!«

»Ach so. Ich dachte, es sei wichtig.« Thema erledigt.

Ab jetzt gilt die Aufmerksamkeit meines Sofanachbarn den Kommissaren Veigl und Lenz.

In meinem neuen Mikrokosmos nimmt das Erzählte einen völlig anderen Stellenwert ein als für den gelangweilten Gatten. Was für andere Mutti-Quatsch, ist für mich hochgradig bedeutend. Nachmittags war ich im Schwangeren-Yoga, in der Hoffnung, meinen mittlerweile sehr schwerfälligen Körper entsprechend seinen Möglichkeiten zu bewegen. Mit Bewegung hatte das jedoch nicht viel zu tun. Wir *dachten* allenfalls daran, uns zu bewegen. Als fröhliches Zusammensitzen und gemeinsames Atmen war es sehr angenehm.

Obwohl die Entfernung zwischen Hebammenpraxis und Zuhause höchstens 800 Meter beträgt und die Yoga-Stunde mangels Bewegung alles andere als anstrengend war, kehrte ich zur Erholung auf dem Heimweg in unserer Stammkneipe ein.

Einen Tisch weiter saß eine betrübte Frau um die vierzig vor einem großen Teller mit Kartoffeln und Fleisch, auf dem sie achtlos herumstocherte. Sie lächelte mich eine Zeit lang verstohlen an, bis sie mich schüchtern ansprach. »Darf ich Sie kurz stören? Ich bin in der achten Woche schwanger. Weil es mir permanent elend geht, bringe ich kaum einen Bissen herunter. War das bei Ihnen auch so?«

Als ich bejahte und sie beruhigte, dass sich dies bei mir schlagartig gelegt habe, strahlte sie. Über die Möglichkeit einer chronischen Nausea/Dauerübelkeit verlor ich kein Wort.

Bald hatte sie ihre Anfangsscheu abgelegt und löcherte mich von nun an fast im Sekundentakt mit allen erdenklichen Fragen über den weiteren Verlauf der Schwangerschaft. Nach einer Dreiviertelstunde Frage und Antwort bedankte sie sich überschwänglich für meine Auskünfte und die damit verbundene Ablenkung, denn diese hatte unter anderem dazu geführt, dass sie trotz Übelkeit anders als in den letzten Wochen nicht nur ein paar Bissen, sondern den Teller leer gegessen hatte.

Nun, ein paar Stunden später sehe ich Nachrichten, und wer lächelt mich freundlich aus dem Bildschirm an? Die nette Dame, die dank mir vorhin einen ganzen Teller Kartoffeln mit Fleisch geschafft hat. Das ist doch interessant!

Leider bleibt mir die Möglichkeit, das Erlebte mit Markus zu teilen, verwehrt, denn der starrt gebannt auf den Bildschirm, wo Kommissar Veigl und Dackel Oswald einen Zug besteigen, um in den Urlaub an den Chiemsee zu fahren.

Am nächsten Tag.

Bloß nicht bewegen! Drei plus drei plus zwei plus zwei. Insgesamt zehn Akupunktur-Nadeln stecken in meiner Haut an Händen und Füßen. Die Anzahl der Nadeln unter dem rechten Knie muss ich schätzen, da mein Basketball-Bauch den freien Blick verwehrt. Ich bin Teil eines Schwangeren-Quartetts, auf zwei riesige orientalische Betten drapiert. Durch die Kunstbrille betrachtet, könnten wir glatt als Komposition eines Malers oder Fotografen durchgehen. Auch die Meridiane der anderen Bettinsassen sind nadelgespickt, je nach Befund und Ziel: Wassereinlagerung, vorzeitige Wehen, Muttermundaufweichung, Geburtseinleitung, Bedarf an genereller Gelassenheit. Die goldgeblümten Tassen mit Schwangerschaftstee, einer Kräutermischung aus Lavendel, Himbeerblättern, Kamille, Süßholzwurzel und anderen wertvollen Zutaten werden von den Akupunkturbedürftigen vorsichtig an den Mund geführt, jede darauf bedacht, bloß keine Nadel zu verlieren.

Mein Gegenüber blickt grimmig auf die Nadel zwischen linkem Daumen und Zeigefinger. Was mag wohl Ursache ihres Griesgrams sein? Nadeln, Tee, orientalisches Ambiente, Gesprächsthema auf der anderen Seite des Bettes?

»Ich überlege, ob ich eine Hausgeburt wagen soll.«

»Wenn du meinst.«

Auf Hebamme Samiras freundliche Frage nach ihrem Befinden, entgegnet das grimmige Gegenüber vorwurfsvoll: »Schlecht.«

»Willst du nach der Elternzeit wieder arbeiten?«, wage ich vorsichtig die Kontaktaufnahme. Sie will. Das Thema Arbeit scheint sie aufzumuntern, die Übellaunigkeit verfliegt, und es entwickelt sich ein ungezwungenes Gespräch, an dessen Ende wir Telefonnummern austauschen.

Bei der Akupunktur am Folgetag sitzen wir uns zufällig wieder gegenüber und setzen das Pläuschchen in einem Café fort. Anne ist vierzig, im achten Monat schwanger, Bildredakteurin bei einer Wochenzeitung und lebt in wilder Ehe mit dem Kindsvater, einem Franzosen namens Luc. Er führt ein Restaurant und seine zehnjährige Tochter lebt bei der Ex-Frau in Frankreich. Je länger wir uns unterhalten, umso sympathischer wird mir Anne. Von dem Griesgram beim ersten Treffen keine Spur mehr.

»Ich wäre echt froh, wenn ich schon alles hinter mir hätte. Schwangerschaft und Geburt, meine ich«, jammert Anne und nippt an ihrem Cappuccino. »Meine Beine erinnern dank der Wassereinlagerungen an Elefantenstampfer und nach zehn Stufen macht mein Kreislauf schlapp. Meinst du, das geht weg, wenn die Kleinen geschlüpft sind? Dann haben wir wahrscheinlich andere Sorgen. Statt erholsamer Nachtruhe gibt es eine Abfolge kurzer Nickerchen. Egal, dank der nächtlichen Aktivität meines Sohnes, finde ich schon jetzt nie mehr als zwei bis drei Stunden Ruhe.«

Das kenne ich! Mein Schlaf ist auch nicht das, was er einmal war. Regelmäßig spätabends bis in die frühen Morgenstunden wird das Fräulein von Schluckauf gebeutelt, was sich naturbedingt auf mich überträgt und ein Ausruhen vereitelt.

Die eng aneinander liegenden Entbindungstermine und Schwangerschaftsleiden schaffen eine gemeinsame Basis und ein Gefühl von Vertrautheit. Anne und ich löffeln die Erdbeer-Becher restlos leer und verabreden uns für den nächsten Tag wieder zu Kaffee, Eis und weiterem Erfahrungsaustausch.

Sechs Stunden später.

Muss das ausgerechnet jetzt sein? Just, wenn ich schlafen möchte, ist der Winzling wach. »Markus. Schau mal! Und bemitleide mich bitte.«

Püppi im Bauch stemmt sich von der linken Seite mit Po und Rücken gegen die rechte Seite, Kopf nach unten. Dank dieser Bewegung lagern zwei Drittel Kind rechts neben der Brustbein-Nabel-Achse. Auf meiner linken Bauchhälfte drücken kleine Füßchen deutlich sichtbar nach außen. 3D-Erlebnis pur.

Fasziniert und besorgt zugleich beobachte ich das Geschehen. Macht sie etwa Kniebeugen? Kann dadurch die Fruchtblase platzen oder gar die Haut durchgetreten werden? Die um den Bauchnabel tätowierte ursprünglich runde Sonne, die durch die Schwangerschaft enorm an Größe gewonnen hat, zeigt sich in Ellipsenform.

Markus wirft einen kurzen Blick auf meinen Bauch, murmelt »Du Arme« und liest weiter. Hat er überhaupt den Grund für das notwendige Mitleid erkannt? Soll ich ihn bitten, noch einmal *ganz genau* hinzusehen? Nein. An der Deformation würde es nichts ändern.

Nach 27 exakt messbaren Kniebeugen beendet das Töchterchen sein abendliches Fitnesstraining.

Die Angst, durch die kindliche Aktivität verletzt zu werden, begleitet mich in den Schlaf. In meinem Traum treten die Füßlein Öffnungen in die Bauchdecke und baumeln fortan fröhlich nach draußen.

»Aua.« Ein Wadenkrampf reißt mich jäh aus einem unruhigen Dämmerschlaf.

»Was? Was ist denn los?« Markus schreckt auf.

»Ich habe einen Wadenkrampf«, presse ich schmerzerfüllt hervor.

Der Schlaftrunkene versteht Magenkrampf, was er als Vorboten der Geburt interpretiert. »Oh Gott, was machen wir denn jetzt?«

Nach Abklingen des Krampfes kläre ich das Missverständnis auf und keine zwei Sekunden später schnarcht der Erleichterte seelenruhig in tiefem Schlummer. Ich nicht, denn nun hat die kleine Dame Schluckauf.

Aaaaaaaaa

2. Juni. Tag X. Heute ist der große Tag, der errechnete Geburtstermin. Sehnsüchtig habe ich ihn erwartet, denn in den vergangenen drei Wochen ist mein Bauch vom Basketball zum Medizinball angewachsen. Geschätztes Gewicht: einhundert Kilo, die ich täglich mühsam vor mir herwuchte.

Der Medizinball passt in fast keine Kleidung, zwingt mich alle halbe Stunde auf die Toilette und in eine aufrechte Schlafposition, bei der von Erholung keine Rede sein kann.

Damit der Medizinball nicht länger auf Leber, Milz und Magen lastet, habe ich in den letzten Tagen bewusst Aufgaben erledigt, die werdende Mütter lieber vermeiden sollten, eine Holzkommode beim Sperrmüll entsorgt, Kinderschrank Stuva von IKEA nach Hause geholt, die Speisekammer gestrichen. Effekt: keiner. Bohren, Dübeln, Schrauben. Tätigkeiten mit viel körperlicher Anstrengung. Was ist passiert? Nichts. Keine Wehe weit und breit.

Hallo Lil! Worauf wartest du? Dein Kinderzimmer ist eingerichtet, das komplette Baby-Starter-Set wartet auf dich, du bist herzlich willkommen! Kniebeugen kannst du auch hier draußen machen!

5. Juni, 0 Uhr. Auf dem Weg ins Bett zieht sich ein bis dahin unbekannter Schmerz durch meinen Bauch. Was ist das? Meldet sich der Blinddarm? Unbedarft lege ich

mich hin bis wenige Minuten später der Medizinball in einer nicht zu ignorierenden Heftigkeit kontrahiert wird. Das ist doch nicht etwa ...? Uaaaah!! Eine Wehe? Zwei Wehen?! In der kommenden Stunde nimmt das Ziehen zu, die Abstände werden kürzer. Der Cocktail aus Zimt, Nelken und Ingwer zur Wehenförderung, den ich seit drei Tagen täglich reinwürge, zeigt tatsächlich Wirkung!

Vor meinem geistigen Auge sehe ich Samira mit erhobenem Zeigefinger. »Fahrt nicht zu früh in die Klinik! Sonst werdet ihr wieder nach Hause geschickt!« Ich reiße mich tapfer zusammen, atme wie gelernt in der warmen Badewanne. Markus schläft.

Als sich alle vier Minuten das Ziehen meldet, das ich nun eindeutig als Wehe diagnostiziert habe, und sich die Schmerzen nicht mehr wegatmen lassen, wecke ich meinen Mann. »Hast du wieder einen Magenkrampf?«, fragt er schlaftrunken.

»Nein, Wehen. Alle vier Minuten. Ich habe schon in der Klinik angerufen. Wir sollen kommen.«

Auf Anhieb ist mein Gemahl hellwach, packt zielsicher die seit Wochen bereitstehende Tasche und wir düsen durch die nächtlichen Straßen ins Krankenhaus, nicht ohne die eine oder andere rote Ampel zu missachten, was auf den nachtleeren Straßen niemanden stört.

In gedanklicher Vorbereitung auf das große Ereignis habe ich drei Typen von Gebärenden definiert:

Typ 1:   die Natürliche. Sie ist entschlossen, die Geburt mit Genuss und allem Drum und Dran, ohne Schmerz- und Hilfsmittel zu erleben, bewertet rückblickend die

	Geburt mit Stolz, ist im worst Case geburtstraumatisiert.

Geburt mit Stolz, ist im worst Case geburtstraumatisiert.
Ort des Geschehens: Kreißsaal, Geburtshaus oder eigenes Zuhause.

Typ 2: die Ängstliche, die sich aus Wehenpanik und Schmerzangst von vornherein für einen Kaiserschnitt entscheidet. Im Nachhinein plagt sie ein schlechtes Gewissen, die unnatürliche Variante gewählt zu haben.
Ort des Geschehens: OP.

Typ 3: der Mischtyp. Dieser Typ wählt von Anfang an eine PDA, weil er wach bei möglichst wenig Schmerz die Geburt erleben möchte.
Ort des Geschehens: Kreißsaal.

An sich bin ich Typ 2, habe aber Bedenken gegen eine Geburt auf Bestellung. Wie eine Urlaubsfahrt ohne Anreise, ohne Vorlauf ins Mutterdasein gebeamt. Ein bisschen Anfahrt darf es sein und so entscheide ich mich für die Spontangeburt mit sofortiger PDA.

Wozu die wohl gut ist? Jedenfalls nicht zur Leidenslinderung. Die Geburt besteht vorrangig aus einem: Schmerz. Wie andere Wehen mit einem Lächeln begrüßen können, ist mir ein völliges Rätsel.

Zu Anfang zeigt die Betäubung noch Wirkung, die mich schlafen lässt und dem werdenden Vater die Möglichkeit gibt, in der Krankenhauscafeteria einen Kaffee zu trinken. Schon nach fünfzehn Minuten lässt der Effekt nach. Auch mehrmaliges Nachspritzen des Schmerzmittels nützt nichts. Jede weitere Dosis geht einher mit zunehmendem Kontrollverlust über meinen

Körper, bis ich mich alleine kaum mehr bewegen kann. Die Medikamente verursachen Übelkeit, ich muss mich mehrfach übergeben, wobei Markus tapfer die Spuckschüssel hält. Ein Wehenstau führt zu einer nicht enden wollenden Dauerkontraktion, die sich anfühlt, als sei ein viel zu enges Korsett um den Medizinball geschnürt. Die ungewohnte physische und psychische Belastung lässt etliche Tränen fließen, ohne dass ich Einfluss hierauf nehmen kann. An keinen Ort in meinem Körper kann ich mich zurückziehen, auf Gedeih und Verderb bin ich dem Schmerz ausgeliefert, er ist überall und hört und hört nicht auf. Hätte mich jemand in der Situation gefragt, ob ich Kinder möchte: Ich hätte denjenigen für verrückt erklärt.

»Nein, Frau Weiß. So geht das aber nicht!«, kritisiert Hebamme Erna. »Sie müssen anders atmen!«

Anders. Anders. Wie denn, um Himmels willen? Hat das Aaaaaaaaa nicht die richtige Tonlage? Das Aaaaaaaaa ist mir vollkommen egal. Sterben möchte ich oder wenigstens ohnmächtig werden. Sollte ich einigermaßen unbeschadet aus der Situation rauskommen, werde ich Saskia eine knallen. Sie hat behauptet, eine Geburt sei eine ganz wunderbare Erfahrung. Woher weiß sie das denn? Sie hat doch gar keine Kinder! Geburt als Erfahrung stimmt, aber ganz sicher nicht wunderbar. Spontan fallen mir Begriffe wie entsetzlich, unerträglich, grauenhaft ein.

Nach sechzehn Stunden bin ich am Ende meiner Kräfte und habe der Dauerwehe nichts mehr entgegenzusetzen. Mit dem letzten mickrigen Rest an Kraft, den ich von überall zusammenkratze, schreie ich nach einem Kaiserschnitt. »Warum dauert das denn so lange?«, beschwere ich mich lauthals.

»Haben Sie sich nicht so. Alle Ärzte sind im Einsatz und Sie sind kein Notfall!«, staucht mich Erna derart forsch zusammen, dass ich meinen Protest – *Bin ich doch!* – lieber runterschlucke.

Zwanzig Minuten später.

Der endlich eintreffende Anästhesist belehrt mich über die Risiken des bevorstehenden Kaiserschnitts. Die erfolgte Belehrung muss ich schriftlich bestätigen. In meinem benebelten Zustand hätte ich alles unterzeichnet. Geschäftsfähig bin ich in dieser Situation sicher nicht.

Beim nun folgenden Eingriff, der sich zum Schutz aller Anwesenden hinter einem grünen Vorhang abspielt, wird mit allerlei medizinischem Gerät geklappert. Einzelne Handgriffe – Schnitte mit einem Skalpell? – sind trotz lokaler Betäubung deutlich zu spüren.

»Entschuldigen Sie bitte. Dürfte ich noch etwas Narkose haben?«

»Leider nicht, Sie haben schon genug intus. Keine Angst, wir machen das nicht zum ersten Mal. Sie sind heute der fünfte Kaiserschnitt«, murmelt der Arzt ungerührt und fuhrwerkt in meinem Unterleib herum.

Während ich darauf bedacht bin, nicht in Ohnmacht zu fallen, nur weil jemand Organe von einem Ort zum anderen schiebt, schreit jemand. Eine kleine Ziege? Es dauert einige Momente, bis mir klar wird, wer da schreit.

Mein ganzer Körper zittert, ich bin wie in Watte gepackt und die Brille, die ich dringend bräuchte, um scharf zu sehen, liegt im Nebenzimmer, in dem sich Markus von den vergangenen Stunden kurz erholt. Auch ohne klare Sicht weiß ich, dass mir ein Engel gezeigt wird. Mein Engel. Lil.

Wie beim Anblick des blauen Balkens im Schwangerschaftstest muss ich weinen. Diesmal vor Glück.

Als der frisch gewaschene Engel auf meinen Oberkörper gelegt wird, verschlägt es mir die Sprache. Vollkommen übermüdet, von Emotionen erledigt, spüre ich eine bisher unbekannte Glückseligkeit. Sollte ich je Zweifel gehabt haben, eine Bindung zu dem kleinen Leben aufbauen zu können, sind diese wie weggefegt. Gefühle überfluten mich in einer nicht geahnten Heftigkeit. Ob ich will oder nicht, werde ich von einer Emotionswelle mitgerissen. Als säße ich gleichzeitig in Achterbahn, Karussell und Schiffsschaukel, trudle ich wie im Rausch durch das Geschehen, nicht gesundschädlich oder gar lebensbedrohlich, dafür aber mit höchstem Suchtfaktor. Es ist, als würden um mich herum im Zeitraffer Sträucher, Wiesen, ganze Gärten von Blumen in einer Farbpracht wachsen als seien sie durch einen Regenbogen geflogen. Eine völlig neue Form der Liebe: Mutterliebe, die mich nie wieder verlassen wird. Gäbe es mehr Kinder auf der Welt, wenn jeder Mensch einen solchen Moment erleben dürfte?

Willkommen im Leben

Ein paar Stunden später.

Auch der frisch gebackene Vater muss sich vom bedeutendsten Augenblick seines Lebens erholen und nimmt zu Hause eine Mütze Schlaf. Lil wird die ersten 24 Stunden nach dem Kaiserschnitt ein paar Türen weiter in einem Babyzimmer mit fünf anderen Neugeborenen gut versorgt, mein seit 38 Stunden wacher und der Extremsituation Geburt ausgesetzter Körper wünscht sich nichts sehnlicher als Schlaf. Leider werde ich von einer dragonerhaften Schwester mit einer Stimme wie zum Morgenappell bedroht. »Hier! Ist! Der! Speiseplan! Ausfüllen! Den! Hole! Ich! In! Zehn! Minuten! Ab!«

> ***Menü 1****: Fleischpflanzerl mit Kartoffelbrei,*
> *Tagessuppe, Obst;*
> ***Menü 2:*** *Gemüselasagne, Tagessuppe, Obst; ...*

Planlos kreuze ich eine Essensauswahl an, von der ich hoffe, dass sie die Muttermilch nicht verdirbt.

Wie spät ist es? Habe ich geschlafen? Über den Dächern liegt Dunkelheit, also muss es zwischen 10 Uhr abends und 6 Uhr früh sein. Die Nachtschwester behauptet, ich habe ein Babylein und das wolle trinken, respektive kuscheln. Woher weiß sie das? Nach kurzem Überlegen fällt es mir wieder ein: Schwangerschaft, Geburt, Engel. Die

Schwester legt ein kleines, warmes, wunderbar duftendes Etwas auf meinen Bauch. Sofort durchströmt mich wieder eine Woge der Liebe, die ein wohliges Leuchten in das karge Krankenhauszimmer zaubert. Als wir mit Trinkversuchen und Kuscheln fertig sind, läute ich nach der Schwester. Sie bringt Lil zurück ins Kinderzimmer. Keine Ahnung, ob sie satt ist oder nicht, jedenfalls beschwert sie sich nicht, wohl wirkt noch die Narkose.

Am nächsten Morgen.

Eine Schwesternschülerin schiebt ein Gitterbettchen neben mich, legt diverse Zettel auf den Nachttisch und verschwindet wortlos. Und jetzt? Was soll ich damit? Sie macht keine Anstalten, wiederzukommen oder mir etwas zu erklären. Nach Lektüre der Zettel bin ich schlauer: Ende der Schonzeit, Rooming-in genannt. Zur Festigung der Mutter-Kind-Bindung kümmern sich die Mütter selbst um die Kleinen. Ohne Anleitung? Willkommen in deinem neuen Leben, Kim!

Das Zimmer teile ich mit Frau Demir, einer freundlichen Türkin und – welch Glücksfall für mich Anfängerin – Vierfachmutter! Wickelhandgriffe und Stillverhalten der langjährig Erfahrenen beobachte ich so unauffällig wie möglich. Als ich denke, es ist an der Zeit, ziehe ich meiner Tochter Strampelanzug und Body aus, säubere sie nach dem Vorbild meiner Zimmergenossin und wickle ungeschickt die Windel um mein Kind. Warum war ich Depp denn nicht im Säuglingspflegekurs?! Noch bevor meine Tochter ihren Hunger durch Schreien bekunden kann, stecke ich ihr die Brust in den Mund, in der Hoffnung, dass Lils

Instinkt uns weiterhilft. Nach Vorbild im Nachbarbett klopfe ich der hoffentlich Satten sanft auf den Rücken und möchte zu Hause von meinen Anfangserfolgen berichten. Just als Markus den Hörer abnimmt, zeigt mein Klopfen Wirkung.

»Kim, hast du mir gerade ins Ohr gerülpst?«, kommentiert er Lils befreiendes Bäuerchen.

Einen Tag später.

Die Sonne ist aufgegangen, kurz nach sechs sagt meine Uhr. Lil ist wohl immer noch von der Narkose benommen, denn sie schläft und schläft. Das nutze ich aus und döse ein wenig.

Um acht stellt eine Schwester schweigend ein Tablett neben mein Bett. Herrscht hier Redeverbot? Frühstück. Erst jetzt registriere ich meinen Hunger. Ich bin so ausgehungert, dass ich labbrige Semmel, portionierte Butter und abgepackte Marmelade als feudales Mahl empfinde. Dazu noch einen Pott Kaffee und die Welt ist wieder in Ordnung. Mit jedem Schluck kehren meine Lebensgeister zurück.

Es klopft. Bitte nicht noch eine schweigende Schwester. Vorsichtig steckt Markus seinen Kopf rein. »Guten Morgen, ihr zwei.« Jetzt ist die Welt wirklich in Ordnung. »Was machen deine Schmerzen? Wie geht es dir?«

Das ist mein Stichwort, um mein Leid zu klagen. Ich fühle mich hilflos, niemand sagt mir, wie ich mich verhalten soll. Weder Stillen noch Wickeln wird mir fachmännisch gezeigt. Wegen der frischen Narbe und der Operationsschmerzen kann ich mich kaum aufrichten, geschweige denn richtig gehen oder gar etwas heben. An meiner Blase hängt ein Katheter und ich bin hundemüde.

»Du, Kim, ich will dich ja nicht unterbrechen. Aber ich habe um halb elf einen Gerichtstermin.« Markus streicht mir beruhigend über den Kopf. »Du weißt, wie gern ich bei euch bleiben würde. Aber im Moment geht es leider nicht. Das mit dem Stillen und Wickeln wird schon noch. Andere haben das auch geschafft«, versucht er, mich aufzumuntern. »Wir kriegen das hin. Versprochen. Ich komme heute Abend, sobald ich kann.«

Von wegen, wir kriegen das hin! Du hast gut reden, du kannst ja wieder gehen, schmolle ich gedanklich, nachdem die Tür ins Schloss gefallen ist. Zum weiteren Lamentieren bleibt keine Zeit, denn mein Püppchen schreit. Die Narkosewirkung lässt wohl nach.

*Zwischen **Lil** (nachfolgend Baby) und **Kim** (nachfolgend Mutter) wird der folgende Vertrag geschlossen:*

In einer meiner kurzen Schlafsequenzen träume ich, dass Lil und ich uns zur Vermeidung von Missverständnissen vertraglich auf eine feste Anzahl von Stillterminen pro Tag/Nacht festlegen. Die Wirklichkeit gestaltet sich anders.

1.00 bis 1.45 Uhr, 6.15 bis 6.40 Uhr, 6.45 bis 8.00 Uhr, 8.30 bis 8.35 Uhr, 9.00 bis 9.10 Uhr, 10.45 bis 11.10 Uhr, 13.55 bis 14.30 Uhr, 14.40 bis 14.45 Uhr, 15.00 bis 15.20 Uhr, 18.15 bis 18.20 Uhr, 19.30 bis 19.35 Uhr, 21.30 bis 21.35 Uhr, 0.00 bis 0.05 Uhr, 1.25 bis 1.45 Uhr, 1.50 bis 2.05 Uhr, 3.00 bis 4.15 Uhr, 6.45 bis 7.45 Uhr, 8.30 bis 8.35 Uhr, 9.45 bis 10.10 Uhr, 10.30 bis 10.45 Uhr, 12.35 bis

13.05 Uhr, 14.15 bis 14.20 Uhr, 16.35 bis 17.00 Uhr, 19.45 bis 20.15 Uhr, 21.05 bis 21.10 Uhr, 23.45 bis 0.00 Uhr.

Was das ist? Die Stillzeiten der ersten beiden Tage nach der Geburt. Wenn ich mich nicht verzählt habe, will unser Neuling insgesamt 25 Mal zwischen fünf und 75 Minuten trinken. Laut Krankenhausbroschüre müssen Säuglinge nur alle drei bis vier Stunden gestillt werden. Kann das jemand meinem Exemplar verklickern?

Gelegentlich schneit eine freundlich fränkelnde Schwester ins Zimmer und klopft mir aufmunternd auf die Schultern: »Des mid dem Schdillen glabbt scho no!«

Am dritten Tag bin ich einfach nur ausgelaugt, besser gesagt *ausgesaugt*. Erschöpft, in Selbstmitleid versunken, fertig mit der Welt, sitze ich auf meinem Bett, ein seit Stunden schreiendes Bündel auf meinem Arm, und heule. Kein spezieller Anlass. Zu allem Überfluss kommt in diesem Moment auch noch eine Hebamme, die Still-Hilfe anbietet. Sie ist ekelhaft gut gelaunt und an ihrem Arm baumelt ein riesiger Korb. Was ist da drin? Blumen und Kuchen? Fehlt nur noch eine purpurne Kopfbedeckung und sie könnte glatt als Rotkäppchen durchgehen.

»Warum weinen Sie denn?« Warum hast du so große Augen, Großmutter? Damit ich dich besser sehen kann, Rotkäppchen.

Ohne zu antworten, heule ich weiter. Sie versteht nicht, dass ich keinen konkreten Grund habe. Alles ist schrecklich. Am liebsten würde ich meine Zustimmung, die mich in diese Lage gebracht hat, wegen aller erdenklichen Irrtümer widerrufen, anfechten oder am besten gleich von meiner Situation zurücktreten, sie vorsorglich kündigen, hilfsweise auch außerordentlich.

»Hören Sie Ihrer Tochter doch einfach nur verständnisvoll zu«, lautet ihr Tipp. Ist das ernst gemeint? Ich warte. Nichts weiter. Sie tänzelt gen Tür, um die nächste verzweifelte Mutter zu beglücken.

Es kommt noch schlimmer. *Nicht schon wieder die!*, schaffe ich noch zu denken. Schwester Dragoner. Als Wärterin in einem Gefängnis wäre sie besser aufgehoben als auf einer Säuglingsstation. Ohne Vorwarnung packt sie mit der einen Pranke Lils Köpfchen und stopft ihr mit der anderen meine Brust in den Mund. »Der Säugling muss trinken!«

Meine Kleine wagt keinen Widerstand und trinkt, was das Zeug hält. Dank ihrer Saugkraft zeigen sich bald über meine Brust verteilt lauter blaue Flecken.

Mütter mit Startschwierigkeiten können im Stillzimmer im Kollektiv stillen. Dort ist fast alles gelb, Eierlikör-gelb in unterschiedlichen Schattierungen. Böden, Schränke, Wände, Tisch, Sessel, Stillkissen. Der Farbtherapeut hat ganze Arbeit geleistet. Eigentlich mag ich gelb nicht besonders, hier wirkt es beruhigend. Durchbrochen wird die Gelbheit nur durch das Metall der Babywaage. Sogar die elektrische Milchpumpe fügt sich farblich perfekt ins Ambiente. Ein Konstrukt aus Motor, Knöpfen, Trichtern, Schläuchen. Die Mini-Melkmaschine erinnert an ein Marsmännchen auf Rollen.

Mir gegenüber hantiert ebenso ungeschickt wie ich eine erschöpfte Erstlingsmutter mit einem überdimensionierten Stillkissen, Baby und Brüsten. »Das gibt's doch nicht!«, schimpft sie kaum hörbar vor sich hin, weil sich die optimale Stillposition nicht finden lässt. Wie angenehm, dass auch andere ihre Anlaufprobleme haben.

Eine Frau betritt zackig den Raum, setzt sich gezielt auf einen Stuhl und schmeißt ihr Kind souverän an die Brust, ganz ohne Hilfsmittel. Respekt. Wir starren sie ehrfürchtig an. »Ist das Zweite«, erklärt sie uns Verdutzten. Ja dann.

Nach einer halben Stunde müsste meine Kleine genug getrunken haben. Um dies festzustellen, mache ich eine so genannte Stillprobe. Baby wiegen, stillen, wieder wiegen. 3 240 Gramm zeigt die altmodische Waage, die auch gut in eine Metzgerei gepasst hätte. Auf dem daneben liegenden Block suche ich ihren Namen und werfe einen neugierigen Blick auf die Ergebnisse der anderen Babys. Lil 25, aus dem Nebenzimmer hat offenbar einen Spatzenmagen. Zehn Milliliter Differenz. Bei Lil 27 hatte ich zuvor 3 720 Gramm notiert. Dann hat sie 480 Milliliter zu sich genommen. Kann das sein? Moment mal. Vorher mehr, nachher weniger? Langsam dämmert mir, dass sich in die Stillprobe ein Fehler ge-schlichen hat: Ich habe Lil gewickelt und zwar nachdem ich sie gewogen hatte. Um ein unverfälschtes Ergebnis zu erzielen, hätte ich mit dem Wickeln bis nach dem zweiten Wiegen warten sollen. Anfängerfehler.

Ziellos schiebe ich Lil in ihrem Bettchen auf Rollen den Stationsgang entlang. Meine Zimmernachbarin hat Besuch, und da muss ich nicht unbedingt dabei sein. Rotkäppchen kommt mir vergnügt ihren Korb schwin-gend entgegen.

Bis auf Markus und unsere Familien besucht uns fast niemand, denn im Freundeskreis hatte ich um Schonzeit gebeten. Weitere Menschen hätten in unse-rem Zweibettzimmer auch keinen Platz gehabt, denn Frau Demir hat umso mehr Gäste. Es ist wie gesagt ihr viertes Kind und neben dem Ehemann, den drei größeren Geschwistern und ihrer Schwiegermutter, die sie – wie sie mir später erzählt – nicht besonders mag, leisten ihr täglich ihre Schwester, deren dreijährige Tochter, ihr Schwager und dessen Frau samt zwei kleinen Neffen Gesellschaft. Die Kinder des Schwagers sitzen bei jedem Besuch vor dem auf volle Lautstärke aufgedrehten Mini-Bildschirm, der über dem Bett meiner Zimmernachbarin schwebt.

Im Besucherraum lausche ich dem Gespräch am Nachbartisch. »Pflaume. Pflaume gefällt mir. Eine Erdbeere passt besser zu einem Mädchen. Oder?« Es geht um eine Strickmütze für den neugeborenen Sohn.

»Da seid ihr ja!« Markus setzt sich neben mich und gibt mir und Lil zur Begrüßung je einen Kuss. »Frau Demir hat mir gesagt, dass du wahrscheinlich hier bist. Wann dürft ihr denn nach Hause?«

»Morgen.«

»Oh. Schon?!«

Homezone

Nachdem er Lil und mich nach Hause gebracht hat, muss Markus leider wieder in die Arbeit. Erst in gut vier Monaten kann er Elternzeit nehmen.

Und nun? So recht weiß ich nicht, was ich jetzt tun soll. Da sitze ich und warte. Warte, was passiert.

»Irmgard?« Nicht mal flüsternd forme ich mit den Lippen den Namen meines Alter Ego, ohne jeglichen Hintergedanken und schon gar nicht, um zu fragen, was ich machen soll. Ich probiere nur aus, wie sich der Name anhört.

Nichts passiert.

Ich bin jetzt selbst Mutter und weiß immer, was zu tun ist. Wenn ich es oft genug sage, glaube ich es vielleicht.

»Irmgard.« Diesmal flüstere ich.

Wieder passiert nichts. Allmählich entsteht der Eindruck, sie will mich nicht hören. Zu allem Überfluss meldet sich ungeduldig und unüberhörbar Lil.

»Irmgard!« Meine Stimme übertönt das Geschrei. In meinem Inneren regen sich erste Anzeichen von Panik. Im Moment noch ohne Erfolg, denn die mütterlichen Hormone halten dem Angreifer stand. Dennoch weiß ich genau, worauf dieser Angreifer hinaus will. Er will sagen: *Von jetzt an bist du nie wieder allein!* In meiner empfindlichen Situation mit ihren Stimmungsschwankungen verstehe ich das als Drohung.

»Was ist denn nun schon wieder?«

Na endlich! Den vorwurfsvollen Unterton in ihrer Stimme überhöre ich.

»Was ist denn nun?«, wiederholt Irmgard ihre Frage. »Du wirst bald vierzig! So langsam müsstest du doch mal auf eigenen Füßen stehen!«

»Was hat Lil denn bloß???«

Irmgard zuckt nur ahnungslos mit den Schultern. »Woher soll ich das wissen? Das ist deine Aufgabe!« Als sie meine Hilflosigkeit erkennt, wird ihr Ton versöhnlicher. »Hunger, volle Windel oder Bauchweh?«

»Und was mache ich dann?«

»Stillen, Wickeln, warmes Kirschkernkissen, Baden, Bauchmassage, Herumtragen?«

Vorschlag eins, stillen, ist zum Glück der richtige.

»Ab jetzt reißt du dich zusammen, Kindchen! Du bist die Mutter.«

»Das weiß ich selbst! Und du bist echt fies, ich habe in den letzten Wochen alles ohne deine Hilfe hingekriegt. Das eben war eine Sondersituation. Dich rufe ich bestimmt so schnell nicht mehr!«, grummle ich kaum hörbar vor mich hin.

Kind spuckt. Mutter wäscht. Kind spuckt viel. Mutter wäscht viel.

Es dauert keinen Tag und nur Lils Schmutzwäsche füllt die Wäschetrommel. Ungewohnt kleine Textilien drehen die ersten Runden in unserer Waschmaschine. Nun wandern Bodys, Jäckchen, Söckchen vom Wäschekorb auf den Ständer, der schnell vom Gebrauchs- zum Einrichtungsgegenstand mutiert. Ein gepunktetes T-Shirt in Größe 50 trägt den Schriftzug *Chicken pox*. Was ist denn das? *Chicken* kann ich gerade noch übersetzen, bei *pox* muss ich passen. Um meine Neugier zu stillen, konsultiere ich den kleinen Langenscheidt aus dem Regal neben dem Wäscheständer. Chicken = Huhn, pox = Syphilis, ergo chicken pox = Hühner-Syphilis, kombiniere ich stolz.

Ein wenig geistige Abwechslung tut gut. Unterbeschäftigt bin ich zwar nicht, mein Tag ist voll ausgefüllt. Stillen, wickeln, umziehen, tragen, wickeln, stillen, ins Bett legen und wieder von vorne. In den kurzen Intervallen zwischen den Still-Phasen stehen Spülmaschine, Staubsauger und Waschmaschine Schlange.

Ich schließe die Klappe der eben ausgeräumten Spülmaschine. Chicken pox. Hühner-Syphilis? Das kommt mir doch seltsam vor. Können Hühner überhaupt Syphilis bekommen? Wenn ja, ist diese Aufschrift nicht unpassend für Bekleidung, insbesondere für die Oberbekleidung eines Säuglings? Leos Englisch-Wörterbuch im Internet gibt Aufschluss: Windpocken. So lassen sich auch die Punkte auf dem T-Shirt erklären. Ich sortiere es aus, allein schon wegen der Verwechslungsgefahr und Größe 50 passt sowieso nicht mehr.

Und wieder ist Lil an der Reihe. Zuerst gibt es zum dritten und letzten Mal für heute zwei Lycopodium D 12 Globuli gegen die Bauchschmerzen am Tag. Nicht zu verwechseln mit den Colocynthis D 12 gegen nächtliches Bauchweh. Anschließend noch ihre kleinen Füße massieren, fünfmal am Tag insgesamt fünf Minuten, um einer ärztlich diagnostizierten Fehlstellung vorzubeugen. Keine leichten Aufgaben für mein gerade schwächelndes Gedächtnis.

Nach so viel Arbeit brauche ich eine kleine Pause und mache mir einen Kaffee. Hab ich nicht vorhin schon einen gemacht und nicht getrunken? Aber wo ist der? Ich suche die Küche ab. Keine Tasse weit und breit. Egal, dann mache ich halt einen neuen. Klappe auf, Nespresso-Kapsel rein, Tasse darunter. Wasser ist auch im Tank. Starttaste drücken und Kaffee marsch! Nach einem kurzen Brummen läuft die wunderbar duftende Flüssigkeit in eine der kleinen braunen Tassen, die wir zusammen mit der Kaffeemaschine neu angeschafft haben. Fehlt noch was? Kaffeelöffel. Was macht denn bitte der Camembert in der Besteckschublade? War ich das? Der Käse wandert zurück in den Kühlschrank, wo er hingehört, und ich genieße jeden einzelnen der acht von zehn möglichen Intensitätspunkten der Espressosorte *Roma*.

Ich überfliege den Leitartikel in der Süddeutschen Zeitung, lasse es aber schnell wieder sein. Das hat im Moment überhaupt keinen Sinn, denn nachdem ich Wort für Wort mühsam das Ende eines Satzes erreicht habe, ist mir der eben erst gelesene Anfang schon wieder entfallen. Hoffentlich hört diese Vergesslichkeit wieder auf. Zu der Wäscheklammer, die ich mir als Gedankenstütze an den BH geklemmt habe, mag mir einfach nicht mehr einfallen, woran sie mich erinnern soll. Leer? Voll? Zur OP beim Schönheitschirurgen anmelden?

Bevor ich die Lösung ertasten kann, klingelt es an der Tür. »Ich grüße Sie, meine Schöne!« Meine Schöne. Das geht runter wie Öl, weil ich mich drei Wochen nach der Geburt alles andere als schön fühle. Dass sie wahrscheinlich jede Mutter *Meine Schöne* nennt, um die Namen nicht zu verwechseln, ist mir egal. Wenn meine Nachsorgehebamme Mahasti erscheint, geht die Sonne auf. Die ständig strahlende Perserin betritt unseren Flur und geht zielsicher ins Kinderzimmer. »Ja, wo ist denn meine Prinzessin?« Seit der Geburt untersucht, wiegt und badet sie die kleine Prinzessin ein- bis zweimal wöchentlich und wird nicht müde, in jeder Situation mit Quietsche-Entchen-Stimme zu rufen: »Du bist so eine süße Maus!« Damit meint sie Lil, nicht mich.

Nachdem die süße Maus gewogen, gewickelt und wieder wohlig eingepackt in ihrem Bett liegt, bin ich Objekt von Aufmerksamkeit und Fürsorge. Meine Kaiserschnittnarbe wird begutachtet, ich bekomme eine Power-Infusion zur Stärkung der Abwehrkräfte und eine wohltuende Rückbildungsmassage.

Mahasti kann auch anders! Beim Besuch vor zwei Tagen tadelte sie mich entrüstet, weil ich einen herabgefallenen Schnuller ohne vorherige Dampfsterilisierung zurück in Lils Schnäbelchen steckte. »Na, na, na, Frau Weiß!«

Ich fühlte mich wie eine Fünfjährige und holte kleinlaut einen sauberen Schnuller.

An diesem Tag gibt es keinen Grund zur Kritik. »Das machen Sie sehr gut! Weiter so, meine Schöne.« Mahasti streicht mir über den Arm, strahlt mich nochmal an und hinterlässt eine Aura, die über Stunden unsere Wohnung leuchten lassen wird.

Seit einer Minute stehe ich vor dem Herd und fixiere den leeren Topf. Wo sind die drei Schnuller? Wo ist das Wasser, in dem die drei Schnuller vor fünfzehn Minuten noch lustig geschwommen sind?

Um mir keinen weiteren Rüffel wegen Hygienemängeln von Mahasti einzuhandeln, wollte ich pflichtbewusst die Schnuller sterilisieren. Der Vaporisator für 49,99 Euro, mit dessen Kauf ich schon geliebäugelt hatte, befindet sich noch auf meiner

Online-Shopping-Merkliste, nützt mir dort jetzt nichts. Ich wollte just in diesem Moment die Plastiksauger von Schmutz und Keimen befreien und griff deshalb zum nächst besten Mittel, Topf und Wasser. Herd auf volle Pulle und los.

Au! Als ich mit der Rechten den Topf von der Herdplatte nehmen möchte, ziehe ich mir am Hand-inneren schmerzhafte Brandblasen zu. In der Luft liegt ein beißender Geruch von verbranntem Plastik, der gemeinsam mit der grün-bläulichen Verfärbung des Topfbodens meinen Verdacht bestärkt, dass ich selbst Schuld am Verschwinden der Schnuller trage.

Während ich bei Verlassen der Küche das sprudelnde Wasser längst vergessen habe, ist dieses wohl verdampft und die Schnuller müssen sich nach einem chemi-schen Transformationsakt offenbar in Luft aufgelöst haben. Anders kann ich mir deren Verschwinden nicht erklären. Haushaltshilfe für junge Mütter! Bei deren Gefahrenpotenzial sicher keine schlechte Idee.

Vielleicht sollte ich langsam meine komfortable Homezone verlassen und Kontakt mit der Außenwelt aufnehmen, bevor ich noch mehr Schaden anrichte? Bislang habe ich den Gang vor die Tür gemieden, denn trotz Stillhormonen, die laut Mahasti ursächlich für meine Vergesslichkeit sind, kann ich mich sehr gut er-innern, wie ungelenk ich den Kinderwagen nach seiner Abholung durch die Straßen bugsiert habe.

Die Unsicherheit ist geblieben, denn in meiner Vorstellung sind Lil, der Wagen und ich ein Hindernis und mir ist jede Tür versperrt, da zu schmal für den Kinderwagen, und selbst auf der Straße meine ich, zu stören, weil ich anderen im Weg bin.

Dieser Isolationszustand kann jedoch nicht von

Dauer sein. Schließlich bin ich nicht nur Mutter, sondern auch Hausfrau und habe als solche die Pflicht, einzukaufen. Der Begriff *Hausfrau* könnte zwar den Schluss zulassen, diese halte sich vorrangig im Haus auf, doch irgendwann fällt mir die Decke auf den Kopf, Lil braucht frische Luft und Markus nach seinem Arbeitstag die Einkäufe zu überantworten, ist auch keine Dauerlösung.

Raun aun deß Komfortzone

Nach einem Monat in unseren vier Wänden verkünde ich strahlend: »Lil, wir machen einen Ausflug!« Wir brauchen dringend Windeln, es sind nur noch drei Päckchen vorrätig. Bei vernünftiger Betrachtung wäre mir klar, dass die 216 Stück gut und gerne für die nächsten drei Wochen reichen werden, wenn nicht gar länger. Aber welche frisch gebackene Mutter ist schon vernünftig?

Als stünde eine Woche Urlaub bevor, packe ich eine riesige Tasche. Windeln, mehrere Garnituren Wechselwäsche und eine Flasche Fertignahrung, falls unterwegs die Muttermilch versiegen sollte. Nach vierzig Minuten bin ich fertig. Fehlen nur noch meine Flipflops. Als ich den Schuhschrank öffne, steht dort ordentlich neben meinen Turnschuhen die kleine braune Kaffeetasse, die ich vor einiger Zeit gesucht hatte. Wer hat die dort gelassen? Ich?

Stolz wie Oscar, das Haus allein und ohne fremde Hilfe verlassen zu haben, schlendere ich durch die Tengstraße zum Hohenzollernplatz Richtung U-Bahn. Ich möchte zur Abwechslung mal in die Drogerie an der Münchner Freiheit.

Eine etwa Achtzigjährige sieht mich besorgt an. »Warum nehmen Sie denn nicht den Lift, Fräulein?«

Ja, warum nehme ich denn nicht den Lift?

Antwort A: Weil ich nichts lieber tue, als in einer Position, in der ich mir üblicherweise die Schuhe binde, einen voll bepackten Kinderwagen über 33 Stufen nach unten zu wuchten.

Oder Antwort B: Weil der Aufzug zum U-Bahn-Gleis zwar ausnahmsweise nicht kaputt ist, der Fahrkartenautomat dort aber nur Münzen nimmt, ich leider nur Scheine habe, die ich in dem Moment aber nirgends wechseln kann, natürlich auch nicht schwarz-fahren will (strafbar! § 265 a StGB Erschleichen von Leistungen) und daher zum Fahrkartenautomaten im Zwischengeschoß muss, in der Hoffnung, dort mit meinem Papiergeld zahlen zu können. Auf dem Weg dahin musste ich feststellen, dass alle Rolltreppen an den U-Bahn-Zugängen, wirklich alle, keine wechselnde Fahrtrichtung hatten, sondern nur nach oben fuhren.

Warum nehme ich nicht den Lift? Dreimal dürfen Sie raten?

Es wäre nicht gerechtfertigt, meinen Frust an der netten alten Dame auszulassen, schließlich meint sie es gut. Trotz meiner echt miesen Laune ringe ich mir ein Lächeln ab.

Geht doch! Der Automat im Zwischengeschoß schluckt gierig meinen Schein und von dort fährt auch eine Rolltreppe nach unten zum Bahnsteig.

Die erste U-Bahn lasse ich wegen Überfüllung ziehen – keine Chance, auch nur ansatzweise Platz zu finden.

Während ich auf die nächste U-Bahn warte, lächelt mich die achtzigjährige Dame an. »Wie heißt sie denn, die Kleine?«

»Friedrich«, antworte ich unfreundlich, auch wenn ich weiß, dass ich mich unmöglich verhalte.

Endlich fährt die U-Bahn ein. Aber nein! Auch dieser Waggon ist zum Brechen voll und keiner im Zuginneren sieht sich veranlasst, auch nur einen Quadratzentimeter Territorium abzutreten. Was soll ich tun? Mich rücksichtslos in die Fahrgastmenge quetschen? Möglichem Protest mit mütterlicher Militanz begegnen, eine volle Windel als Waffe einsetzen und sie jedem, der sich mir in den Weg stellt, um die Ohren klatschen?

Nein. Mein Herz rast vor Aufregung, ich bin schweißgebadet und würde am liebsten heulen. Und das nur, weil ich drei Stationen mit der U-Bahn fahren wollte. Niedergeschlagen disponiere ich um, nehme den Lift an die Oberfläche und trotte bei Vogelgezwitscher und Sonnenschein die Straßen entlang.

Angesichts der missglückten U-Bahnfahrt brauche ich eine kleine Koffein-Aufmunterung. Scharen von Müttern mit Babys bevölkern den Coffee-Shop am Kurfürstenplatz, was meine Entscheidung – Soll ich? Soll ich nicht? – erheblich erleichtert. Umständlich mühe ich mich ab, vorwärts erst den Wagen und dann mich durch den Eingang zum Coffee-Shop zu bekommen, was mit ungeahnten Schwierigkeiten verbunden ist. Dauernd fällt die blöde Tür wieder zu. Nach langem Experimentieren komme ich auf die Idee, mit meiner Rückseite die Türe aufzustoßen und den Wagen einfach hinter mir herzuziehen.

Beim Umdrehen sehe ich, wer zu dem Schnauben gehört, das ich während meiner Bemühungen mit halbem Ohr vernommen habe. Ein etwa achtzehnjähriges pummeliges Mädchen rauscht jetzt, da die Tür endlich offen ist, an mir vorbei zur Kaffeetheke. »Seid ihr eigentlich nicht genervt von den ganzen blöden Babys?«, überfällt sie den Kaffeeverkäufer, was außer diesem und mir leider keine der fünfzehn anwesenden Mütter hört. Dann hätte sich die Szene möglicherweise anders abgespielt.

Da ich selbst von Modelmaßen weit entfernt bin, halte ich nichts von Angriffen auf die Figuren anderer. Wer im Glashaus sitzt ... Im konkreten Fall hätte ich aus Notwehr eine Ausnahme gemacht. Schlagfertig hätte ich ihr *Speckbarbie*, vielleicht noch garniert mit *blöde* an den Kopf geworfen und dann in aller Ruhe meinen Kaffee bestellt. Entweder sie hätte sich geschämt oder ich hätte eine Faust im Gesicht gehabt. Wahrscheinlich Letzteres.

Unsicherheit, Schlafmangel und Überempfindlichkeit ersticken jegliche Schlagfertigkeit im Keim. Die Frage der Achtzehnjährigen gibt mir den Rest. Denn was mache ich? Ich breche in Tränen aus. Das bekommen die Achtzehnjährige und drei Bedienungen um die zwanzig mit.

Und nun? Das Einzige, was mir einfällt, ist zu fliehen. Bevor ich den Gedanken in die Tat umsetzen kann, hält mich eine der Bedienungen fest. »Sie bleiben bitte hier.« Das bekommen jetzt die fünfzehn anwesenden Mütter und die zehn übrigen Gäste mit.

Soll ich mich für die gedachte Speckbarbie entschuldigen? Natürlich nicht, stattdessen will sie mir einen Kaffee spendieren. Das kann ich schlecht ablehnen. Auf den Boden starrend schleiche ich mit tränennassem Gesicht zu einem der freien Sofas und warte auf den Kaffee, wobei ich meine, 25 Augenpaare auf mir zu spüren.

»Das ist doch nur eine harmlose Schülerin«, meint die Bedienung und streicht mir beruhigend über den Arm, woraufhin ich erneut weinen muss. Mein Gott, das Barbie-Mädel ist halb so alt wie ich, und ich sitze hier und heule, nur weil sie mich doof findet. Immer noch mit Blick auf den Boden, verlasse ich schleunigst den Ort des peinlichen Geschehens. Wie ich mit Kinderwagen relativ einfach eine Tür öffnen kann, weiß ich ja jetzt. Auf meinen Windeleinkauf in der Drogerie verzichte ich.

Entmutigt von dieser Anfangsschlappe bleibe ich die kommende Woche zu Hause. Da ich dort langsam einen Lagerkoller bekomme, hole ich mir für den Schritt in die böse weite Welt Unterstützung. Schwiegermama Fiona wartet draußen mit dem Kinderwagen und ich kann drinnen einkaufen. Aber was ist das? Im Ladeninneren befinden sich viele Mütter mit Kinderwägen! Und es ist ihnen völlig schnuppe, ob sich jemand durch Bugaboo & Co. gestört fühlt oder fühlen könnte.

Weil ich nicht immer eine Begleitperson an meiner Seite haben kann, nehme ich meinen ganzen Mut zusammen und teste im Alleingang allerlei Türen. Und siehe da: Es gibt fast keine einzige, durch die der Wagen nicht passt. Das Wir-müssen-draußen-bleiben-Gefühl verschwindet mit der Zeit. Meine kleine Welt wächst.

Dennoch ist mein Wirkungskreis anfangs nicht besonders groß, da ich die U-Bahn und andere öffentliche Verkehrsmittel meide. Der gewohnte Radius umfasst in etwa eine Parkausweiszone von West Schwabing nach Schwabing Mitte, also vom Karstadt am Nordbad über den Elisabethmarkt und den Kurfürstenplatz, inklusive Rossmann, bis zur Hohenzollernstraße. Der Drogeriemarkt ist wichtig, denn dort gibt es alles, was mein Mutterherz begehrt: Baby-Pflege und Flaschen nebst Sauger, Schnuller, Windeln, Stilltee, Stillsaft, Still-BHs, Kinderwagenregenschutz und vieles mehr.

Was liegt denn da unten im Kinderwagen? Na, na, na! Hab ich mal wieder meine Anwaltszulassung riskiert?

Wenn der Einkaufskorb, den ich auf dem Kinderwagen abstelle, überquillt, packe ich gelegentlich große Dinge wie Klorollen unten in mein Gefährt. Manchmal unterlasse ich es, diese auf das Kassenband zu legen. Aus Schusseligkeit, nicht, weil mir Ladendiebstahl Nervenkitzel bereitet, und vor allem ohne Absicht. Streng genommen, ist das nicht mal der Versuch eines Diebstahls.

Ich sehe mich schon wild mit Anwaltsausweis wedeln und meine Unschuld gegenüber dem Sicherheitsdienstmitarbeiter beteuern. Aber bitte: Wer klaut schon Sonderangebots-Klopapier für 2,49 Euro? – Wenn, dann allenfalls die Monatsbox Windeln für 45,95 Euro. Ich schaffe es jedoch glücklicherweise zurück an die Kasse, bevor der Alarm am Ausgang der Drogerie schrill loslegen kann.

Der uniformierte Typ ist mit einer verzweifelten Frau beschäftigt, die mit hochrotem Kopf zu erklären versucht, dass ihr Zweijähriger die Gummiente zwar eingesteckt hat, ganz bestimmt aber nicht stehlen wollte. Der Kerl schaut unnachgiebig und scheint nicht im Ansatz gewillt, ihr zu glauben. Die Arme.

Ich rolle über die Rampe raus aus Rossmann. Meine Körperzellen lechzen nach Koffein. Ich müsste mich nur in den Coffee-Shop zu meiner Rechten wagen und ein paar Minütchen später hielte ich einen wunderbaren Cappuccino in meinen Händen. Doch mein Auftritt kürzlich ist mir immer noch peinlich.

Außerdem habe ich gleich einen Termin bei der Bank. Wie hieß der Berater doch gleich? Irgendwas Schlüpfriges war's. Wird mir schon noch einfallen. Ich brauche noch Tüten für den Windeleimer. Bei Rossmann gab es keine und der DM in der Hohenzollernstraße liegt auf dem Weg zur Bank. Da kann ich unterwegs schnell noch reinhüpfen.

Auf dem Weg von Drogerie Nr. 1 zu Drogerie Nr. 2 passiere ich ein Tor, an dem ein handgeschriebener Zettel hängt: *Wegen Krankheit Eierverkauf erst wieder März*. Wie jedes Mal frage ich mich, wer hier eigentlich Eier verkauft? Welche Krankheit ist so schwerwiegend, dass erst in acht Monaten wieder Eier verkauft werden können?

Für weiteres Kopfzerbrechen bleibt keine Zeit, denn eine Stimme reißt mich aus meinen Gedanken. »Ja hallo!«

Wie so oft begegne ich auf meinen Wegen Prominenten. An manchen Tagen läuft mir Doris Dörrie über den Weg, an anderen Veronica Ferres. Helmut Dietl treffe ich dauernd. Jedoch erkennt er mich kein einziges Mal. Kein Wunder. Mein Wiedererkennungswert ist relativ gering. Kinderwagen, schwarze Kleidung.

Wer mich aber erkennt, zumindest vermeintlich, ist die von anfänglicher Schwangerschaftsübelkeit gebeutelte Nachrichtensprecherin, mittlerweile sichtbar schwanger. Obwohl seit unserem Gespräch einige Zeit vergangen ist, scheint sie sich noch an mich zu erinnern. Jedenfalls tut sie so.

»Wie geht es Ihnen denn?«, begrüßt sie mich freudestrahlend. Küsschen links, Küsschen rechts.

Ihre Vertraulichkeit irritiert mich, denn wir haben uns noch nicht einmal namentlich vorgestellt. Doch die Frage *Wie heißen Sie eigentlich?* verkneife ich mir.

»Der Hesba ist aber hübsch!«, konstatiert sie entzückt. »Den Kinderwagen haben wir auch bestellt, nur mit weißen Vollgummireifen und altrosa kariertem Innenfutter. Wir kriegen nämlich ein Mädchen!« In

Windeseile löchert sie mich über diverse Babythemen. Von ihrer Hektik angesteckt, antworte ich wie aus der Pistole geschossen, bevor sie auf dem schnellsten Wege davonrast. Als sie weg ist, muss ich erst einmal Luft holen.

Beim Ausatmen fällt mir wieder der Banktermin ein. Noch zehn Minuten. Jetzt aber schnell. Der DM-Besuch muss warten.

Außer Puste erreiche ich die Stadtsparkasse. »Ich habe einen Termin mit Herrn Spanner«, schnaufe ich dem verbindlich lächelnden jungen Mann hinter dem Tresen entgegen. *Herr Müller* laut Schildchen am Revers.

»Spanner?« Fragend und ein Grinsen unterdrückend sieht mich Herr Müller an. »Rita, kennst du einen Herrn Spanner?« Kollegin Rita tippt mit klackernden Nägeln rasant etwas in den Computer.

»Nö.« Klack, klack, klack.

»Vielleicht arbeitet der Kollege in unserer Schwesterfiliale. Einfach die Leopoldstraße entlang, 200 Meter nach Norden.«

Danke, auf Wiedersehen.

Nachdem ich 200 Meter nach Norden gerast bin und den Kinderwagen über vier Stufen in die andere Bank gewuchtet habe, moniere ich die schwere Zugänglichkeit. Unter barrierefrei verstehe ich etwas anderes. »Ich weiß natürlich, dass Sie ...«, ich blicke auf das Namensschild auf dem Tresen, »... Frau Schmied-Leisch, überhaupt nichts dafür können. Aber auch Rollstuhlfahrer haben hier ja gar keine Chance«, beende ich mein Kundenstatement.

Frau Schmied-Leisch hat meinen Vortrag schweigend und mit unbewegter Mimik verfolgt, Hände übereinandergelegt. Ihr Gesicht gleicht einer Maske, nur um ihre

Mundwinkel herum meine ich, ein leichtes Zucken zu vernehmen, so als unterdrücke sie ein Lachen.

Nachdem ich fertig bin, weist sie mich mit einem eisig-höflichen Lächeln darauf hin, dass es für *solche Fälle* die Zweigstelle gebe, in der ich gerade war. »Was kann ich denn nun für Sie tun?«

»Ich habe einen Termin mit Herrn Spanner.«

Augenbrauen gehen erstaunt nach oben. Ohne mir zu antworten, dreht sie sich zu einer Kollegin um, die mit klackenden Nägeln rasant etwas in den Computer tippt.

»Erika, kennst Du einen Herrn Spanner?« Bin ich in einer Zeitschleife? Die Szene hab ich doch eben schon mal erlebt.

»Nö.« Klack, klack, klack.

»Vielleicht arbeitet der Kollege in unserer Schwester-filiale. Einfach die Leopoldstraße entlang, 200 Meter nach Süden.«

Danke, auf Wiedersehen.

Mist. Schon bald halb elf, um zehn war mein Termin. Jetzt muss ich aber doch mal im Kalender nachse-hen, wie der Mensch hieß. *Herr Stecher* steht da neben der Uhrzeit, nicht Spanner. Wusst' ich's doch! Irgendwas Schlüpfriges.

Als ich wieder in die erste Filiale hetze, bin ich erleich-tert, dass Herr Stecher abwesend ist und durch seinen Kollegen Herrn Müller vertreten wird, den ich vorhin schon kennenlernen durfte. Der lacht mich das ganze Gespräch über derart nett an, dass ich mir vornehme, bei der nächsten Kundenbefragung bei *Freundlichkeit* auf jeden Fall ein *Sehr zufrieden* anzukreuzen. An Frau Schmied-Leisch denke ich dabei lieber nicht.

Nach der Odyssee habe ich mir aber wirklich einen Kaffee verdient, setze mich an der Münchner Freiheit auf die Terrasse eines Cafés. Es ist ein schöner warmer Tag, die Blätter der Bäume rascheln leicht im Wind. So mag ich das, draußen sitzen. Falls Lil schreit, schauen mich die anderen Gäste nicht ganz so böse an, wie sie es drinnen täten.

Ein schicker Ober bringt mir die Karte, lacht kurz auf, fängt sich aber schnell wieder. Hat der einen Clown verschluckt?

Ich habe zwar morgens schon zwei (ehrlich gesagt waren es vier) Nutellabrote verdrückt, aber ein zweites Frühstück geht immer. Sensibilisiert durch Samiras warnende Worte in der Geburtsvorbereitung zur Nahrungsaufnahme während der Stillzeit, halte ich mich brav an bekömmliche Lebensmittel. Meistens.

> Sitze hier bei Orangensaft.
> Ich Verbrecher.
> Liebe Grüße, Kim, die
> Peinliche.

Ich konnte es einfach nicht lassen. In Kenntnis der möglichen, ja sogar wahrscheinlichen Leiden, die ich meinem kleinen Schmarotzer hiermit beschere, nehme ich den frisch gepressten Orangensaft zu mir. Schon beim Schlucken spüre ich, wie der Körper die Nahrung absorbiert und sie in böse, böse Milch umwandelt.

»Warum bist du peinlich?« Ein paar Sekunden nach Senden der SMS ruft Anne an. Es ist das erste Mal, dass wir seit Jonas' Geburt vor zwei Wochen telefonieren. Ich erzähle von meinem Spanner/Stecher-Faux-Pas in der Bank und dem Coffee-Shop-Tränenausbruch.

»Das würde mir sicher auch alles passieren! Und

genau deshalb gehe ich nicht aus dem Haus. Ich bin im Moment absolut unzurechnungsfähig, komme zu gar nichts und im Spiegel sehe ich einen Zombie. Mein Kind ist nämlich nachtaktiv, und tags schläft das Ungeheuer auch höchstens zwei Stunden am Stück, weil er nämlich dauernd Hunger hat. Luc kann mir da auch nicht richtig helfen, denn bei jedem anderen Menschen schreit der Kleine wie am Spieß und lässt sich nur beruhigen, wenn er am großen Schnuller, meiner Brust, saugen kann. Du, Kim, Jonas meldet sich schon wieder, ich leg' jetzt auf!« Gesagt, getan.

Hunger. Das war das Stichwort. Stillen ist eine praktische Einrichtung der Natur und mittlerweile klappt es ganz gut, meistens zumindest. Während Lil Schluck für Schluck trinkt und sich die dabei frei werdenden Glückshormone in meinem Körper verteilen, blättere ich in der Abendzeitung, für die Süddeutsche reicht meine Hirnleistung immer noch nicht. Auf der Gesundheitsseite sticht mir die Überschrift ins Auge: *Gestörter Schlaf macht krank und hässlich.*

Mein Schlaf wird auch gestört. Mehrfach nachts. Füttern, wickeln, Schnuller suchen. Heute Nacht habe ich mal wieder sitzend geschlafen, mit dem kleinen Bündel in meinen Armen. Ich bin beim Stillen an die Kopfseite des Bettes gelehnt eingenickt. Nicht sehr empfehlenswert. Mein Nacken tut ziemlich weh. Wie lange ich in dieser Haltung verharrt habe, kann ich nicht sagen. Gott sei Dank ist mir Lil nicht heruntergefallen. Das nächste Mal stille ich im Liegen.

Ich lege die Zeitung zur Seite und reibe meinen schmerzenden Nacken. Bin ich krank und hässlich? Krank fühle ich mich – von dem Nacken mal abgesehen – Hormon sei Dank nicht, das mit dem hässlich kommt schon eher hin. Nicht per se, grundsätzlich ist mein Aussehen in Ordnung, im Moment bin ich aber permanent übermüdet, was nicht gerade schönheitsfördernd ist, und außerdem lege ich derzeit wenig Wert auf meine Optik. Nicht aus Gleichgültigkeit, sondern mangels Energie. Duschen schaffe ich, gewaschen wird auch fleißig (= Pflichterfüllung und darin bin ich gut), doch trage ich seit Wochen denselben Look, weil ich nicht in der Lage bin, Tag um Tag aufs Neue eine Entscheidung zu treffen, was ich anziehe. Zu meinem Standard gehören drei Hosen und diverse T-Shirts. Allesamt schwarz, obwohl mein Gefühlsleben alles andere als schwarz ist. Allein der Anblick von Lil lässt mein Inneres vergnügte Purzelbäume schlagen. Farbige Kleidung ist ebenso wie Schminke außerhalb meiner geistigen Reichweite.

Ist das der Grund, warum alle bei meinem Anblick lachen müssen? Weil ich grottenhässlich bin, zumindest vorübergehend? Anne bezeichnet sich selbst sogar als Zombie. Jetzt muss ich aber doch mal nachschauen. Auf der Toilette sehe ich im Spiegel, dass ich schräg über dem Mund einen circa vier Zentimeter langen Nutella-Frühstücks-Rest mit mir herumtrage. Dann ist ja alles klar. *Mein Gott, das kann doch jedem passieren, Kim!*, tröste ich mich und wische die Schokolade weg.

Das Baby

»Wie lange geht das denn schon so?«, fragt Markus besorgt und deutet auf das acht Wochen alte, wild kreischende Wesen in meinen Armen. Ich sitze auf dem Sofa im Wohnzimmer und lasse sie machen. Mehr kann ich sowieso nicht tun.

»Seit 4 Uhr nachmittags.« Es ist kurz vor Mitternacht. Woher nimmt ein kleiner Mensch die Kraft, derart viele Stunden am Stück, mal mehr, mal weniger zu brüllen? Täte ich dies, wäre ich heiser, völlig erschlagen oder vor Erschöpfung gar ohnmächtig. Erschlagen bin ich auch jetzt, obwohl ich kein achtstündiges Schreikonzert gegeben habe.

»Ich ziehe nur kurz meinen Mantel aus.« Der Spätheimkehrer geht wieder in den Flur. »Kim, ich hab noch Pizza mitgebracht. Die dürfte zwar mittlerweile komplett kalt sein, aber das ist mir jetzt wurscht. Du siehst auch aus, als ob du was im Magen vertragen könntest. Stimmt's?«

Richtig! Essen. Das habe ich in dem ganzen Trubel tatsächlich vergessen.

»Um Punkt vier fing des Fräuleins Schreitirade an und seitdem hat sie, von kurzen Unterbrechungen abgesehen, fast permanent durchgebrüllt.«

Pizzalieferant M. hantiert in der Küche und kann mich nicht hören. Das ist mir egal. Ebenso, dass ich übertönt werde. Mein Leid ungehört in den Raum zu klagen, wirkt schon extrem erleichternd.

113

»Nichts. Rein gar nichts hat geholfen. Ich habe sie auf den Arm genommen, herumgetragen, wieder hingelegt, im Fliegergriff gehalten, sie gebadet, Tropfen verabreicht, Globuli gegen Bauchweh gegeben, den Bauch mit Kümmelöl eingerieben, ins Tragetuch gepackt. Das klappt manchmal. Heute leider nicht. Sie hat sich derart gewunden, dass ihre Fingernägel Spuren am Hals hinterlassen haben. Schau her.« Ich zeige meinem imaginären Gesprächspartner die Verletzungen. Als habe ein Kätzchen meine Kehle als Kratzbaum benutzt.

»Zwischendurch dachte ich, sie hat vielleicht Hunger. Nach jedem Stillen herrschte kurz Ruhe, nach zehn Minuten ging es wieder los. Ich habe auch ein bisschen mitgeweint.« Mal aus Mitleid, mal aus Verzweiflung.

»Als ich sie auf ihren Wickelplatz auf der Waschmaschine gelegt und den Schleudergang eingeschaltet habe, war sie kurz still. Leider nur für drei Minuten. Das Geschrei hörte sich danach noch lauter an als vorher. Sogar Föhngeräusche habe ich ihr vorgespielt.«

Auf einer Online-Plattform für Schreibabys wurden Föhngeräusche als ein mögliches Beruhigungsmittel angepriesen. Dankbar für jeden Tipp nahm ich eine Minute lang das Getöse auf, kopierte die entsprechende Datei dreißig Mal und war somit für den Ernstfall mit einer halben Stunde Ruhegarant gewappnet.

»Die Föhngeräusche haben leider auch nichts gebracht. Jetzt höre ich der Dramaqueen einfach verständnisvoll zu, wie mir die Hebamme in der Klinik geraten hat. Das hilft zwar auch nichts, aber wenigstens kann ich dabei sitzen.« Monolog Ende.

Markus stellt zwei Maxiteller mit der Pizza auf den Wohnzimmertisch und setzt sich neben mich. »Was hast du gesagt?«

»Nichts.« Mir fehlt die Kraft, meinen Vortrag zu wiederholen.

»Und was machen wir mit dem kleinen Schätzchen?«

Ich zucke hilflos mit den Schultern. »Hör ihr halt auch verständnisvoll zu. Vielleicht ist sie eine Rampensau und will mehr Publikum.«

»Meinst du, wir sollten eine Schreiambulanz aufsuchen?«

Die Mutterlöwin sieht darin einen Angriff auf ihr Junges. »Du spinnst ja. Wir haben doch kein Schreikind!«, fauche ich entrüstet. So sicher bin ich mir nach dem ganzen Theater allerdings nicht, sonst hätte ich mir auch nicht in diversen Internetforen Beiträge und Tipps betroffener Eltern zu Gemüte geführt.

Und plötzlich. Ruhe. Der Terrorzwerg schnauft laut auf, nuckelt zufrieden an ihrem Schnuller und schläft seelenruhig ein. Als sei nichts geschehen.

»Und bei dir? Schriftsatz fertig bekommen?«

»Mmh.« Markus nickt erschöpft. Nach einem 15-Stunden-Arbeitstag auch kein Wunder. »Ich wollte die Klage zwar nur faxen, aber die Nummer war zwischen zehn und elf dauernd besetzt. Also musste ich doch noch zum Nachtbriefkasten, um sie direkt einzuwerfen. Dann weiß ich wenigstens, dass alles rechtzeitig bei Gericht ist. Um halb zwölf war ich dort. Zum Glück war nicht viel los und im Briefkasten war auch noch Platz.«

Das kenne ich noch allzu gut. Regelmäßig kurz vor Mitternacht hetzen sich vor dem Münchner Justizpalast die Rechtsanwälte ab, um noch rasch Schriftsätze einzuwerfen, die genau an diesem Tag bei Gericht eingehen müssen. Ob die Frist um 23.59 Uhr abläuft oder um 24.00 Uhr, was aber vielleicht schon 0.00 Uhr des nächsten Tages ist, also zu spät, und was um Punkt Mitternacht mit dem Briefkasten passiert, habe ich nie getestet. Mir hat die Aufregung schon gereicht, die allein dadurch verursacht wurde, dass ich auf den letzten Drücker gearbeitet habe und überhaupt zum Nachtbriefkasten musste.

Wir genießen die Ruhe und kauen die kalte Pizza.

»Weißt du, wie Deutschland gespielt hat?« Markus schiebt sich ein Stück Schinken in den Mund.

»Nee.« Wegen Lils Geschrei habe ich von der Fußball-Europameisterschaft außer den Aufschreien der Fans aus der Nachbarschaft bei Toren oder verpassten Chancen nicht viel mitbekommen.

»Ich auch nicht.«

»Warmes Essen wird total überschätzt. Schmeckt echt köstlich.«

»Find ich auch. Lass uns schlafen gehen, Kim.« Gute Idee.

Als der kleine Schreihals ein paar Stunden später mitten in der Nacht wieder aufwacht, bin ich sofort Stelle, denn mindestens eines meiner Ohren ist ständig eingeschaltet. Lils Weinen klingt für mich wie eine Alarmglocke. Bei Erklingen des ersten Tons schaltet mein ganzer Körper automatisch auf Einsatz und Fürsorge.

Dennoch wünsche ich mir in diesem Augenblick nichts sehnlicher als eine Mütze Schlaf, denn der permanente Bereitschaftsdienst zehrt an meinen Kräften. Der rettende Knopf, der den Alarm verstummen lässt, zumindest des Nachts, wurde bei meinem Baby-Exemplar vergessen. Es bleibt mir nichts anderes übrig als Lil so lange herumzutragen und in meinen Armen zu wiegen, bis auch sie wieder in den Schlaf zurückfindet.

Markus liegt von Geschehnissen und Geräuschen um ihn herum unbehelligt in seinem Bett und schläft. Böse kann ich ihm nicht sein. Wenn ich einem medizinischen Fachartikel über naturgegebene Unterschiede zwischen Mann und Frau bei akustischer Wahrnehmung Glauben schenken darf, kann er nichts dafür. Im Schlaf dringt ein Babyweinen nicht zu ihm durch, weil es als Tonsequenz ohne Gefahrenpotenzial außerhalb der für Männerohren hörbaren Frequenz liegt. Ich bin mir aber sicher: Stünde ein Löwe oder ein anderes bedrohliches Tier wild fauchend vor unserer Höhle, wäre er innerhalb von Millisekunden hellwach und würde in gekonnter Jägermanier den Angreifer mit Pfeil und Bogen erlegen oder wenigstens in die Flucht schlagen, um anschließend wieder in Tiefschlaf zu verfallen.

Abschied

Die Welt soll wissen, welches wundervolle Wesen seit drei Monaten ein Glück in mein Leben zaubert, für das es keine Worte gibt. Nachdem ich akribisch hundert Fotos auf hundert Faltkarten geklebt, in hundert Umschläge gesteckt und die Geburtsanzeige voller Stolz an fast jeden geschickt habe, den ich kenne, warte ich. Warte auf Reaktionen.

Über mangelnde Resonanz kann ich mich nicht beklagen. Freunde und Bekannte meiner Mutter, Familienangehörige, die ich zum Teil über Jahre nicht gesehen habe, senden rührende Glückwünsche, überschütten uns mit Blumen, Windeltorten, Kleckerlätzchen und T-Shirts mit Namensaufdruck.

Die Reaktionen aus meinem ursprünglich engsten Freundeskreis als verhalten zu bezeichnen, wäre übertrieben. Von Clarissa, Dagmar und Johanna kommt nichts. Kein Anruf, keine Nachricht, nichts. Ich hatte zwar schon bei den letzten Treffen Äste des Freundschaftsbaums knacken hören, das dumpfe Gefühl, mich mit einem Schlag ohne die bislang verlässlichen Wegbegleiter der zwei oder gar drei vergangenen Jahrzehnte wiederzufinden, trifft mich hart. Trauzeugin Saskia rührt sich zwar auch nicht, was sich aber mit akuter Schwangerschaftsdemenz erklären lässt.

Allein die üblicherweise kopflose und deshalb oft unzuverlässige Anni schickt eine SMS.

Das sind wunderbare
Nachrichten! Herzlichen
Glückwunsch! Wann kann
ich Lil sehen?
Liebe Grüße Anni.

Meine Enttäuschung beiseiteschiebend, versuche ich, mich auf das Positive zu konzentrieren. Anni will uns sehen!

Manchmal trifft man Menschen, bei denen bereits nach wenigen Minuten das Gefühl entsteht, sie ein Leben lang zu kennen. Von Anfang an herrscht Vertrautheit. Freundschaft auf den ersten Blick. Ich habe bislang zwei solche Menschen getroffen.

Einer dieser Menschen ist meine Freundin Ulli. Mit ihr habe ich vor Jahren ein Auslandspraktikum in den USA absolviert. Ihr habe ich es zu verdanken, dass ich mich in den drei Monaten, über 9 000 Kilometer entfernt von der Heimat, in einem fremden Land, in einer fremden Stadt, mit einer fremden Sprache nie einsam fühlte. Mit Ulli hatte ich immer ein Stück Zuhause bei mir. Zeigten sich Anzeichen von Heimweh, spazierten wir im Gleichtakt durch die Straßen von San Francisco, jede einen Stöpsel des Kopfhörers im Ohr und ließen uns bei Udo Jürgens vielleicht bekanntestem Hit – *Ich war noch niemals in New York* – zur Golden Gate und Bay Bridge und anderen Sehenswürdigkeiten der kalifornischen Vorzeigestadt treiben. Es dürfte nicht schwer zu erraten sein, welche Textzeile unser beider Favourite war. Dass Ulli seit sieben Jahren in Hamburg wohnt, wir uns leider selten sehen, hat an der Innigkeit unserer Freundschaft nichts geändert.

Anni ist der zweite Mensch, mit dem ich Freundschaft auf den ersten Blick geschlossen habe. *Liebenswert unzuverlässig* beschreibt sie am besten. Vieles vergisst sie, wie meinen Junggesellinnenabschied, meint es aber nie böse. Sie ist einfach schusselig.

Kennengelernt haben wir uns in einer Rechtsanwaltskanzlei. Sie arbeitete als Referendarin, ich als Anwältin. Wir wurden Freundinnen. Auch nachdem sie eine andere Stelle angenommen hatte, hielt unser Kontakt. In lauen Sommernächten diskutierten wir mehr als einmal in den Isarauen mit patrouillierenden Polizisten darüber, ob unser Lagerfeuer als sogenanntes Wildgrillen unzulässig sei oder in den Bereich des Erlaubten fiel. Dank weiblichem Charme gepaart mit juristischer Überzeugungskraft meist Letzteres. Im Herbst schunkelten wir angeheitert mit australischen oder italienischen Touristen auf den Bierbänken diverser Oktoberfestzelte im Takt des aktuellen Wiesnhits. In den Wintermonaten versuchte sie mir, das Snowboardfahren näherzubringen und sobald sich der Frühling zeigte, schlenderten wir mit XXL-Thermokaffeebechern bewaffnet durch den Englischen Garten.

Obwohl Anni ebenfalls in München wohnt, sind die Verabredungen seltener geworden. Bei einem der letzten gemeinsamen Abende, der länger zurückliegt, als mir lieb ist, gab sie zu später Stunde eine wenig damenhafte Fähigkeit zum Besten und öffnete eine Flasche Becks mit bloßen Zähnen.

Die jugendlich derben Zeiten sind endgültig vorbei, Feierbiene Anni ist zur seriösen Rechtsanwaltskollegin mutiert, mit der ich einen Termin zum Kennenlernen meiner Kleinen vereinbare. Freitagnachmittag um drei in der kommenden Woche.

Einn Wochn später.

14.50 Uhr: Ich sitze bei Kaffee und Kuchen. Nicht gekauft, selbst gebacken.

15.00 Uhr: Ich warte darauf, dass es an der Tür klingelt.

15.10 Uhr: Nichts passiert. Kein Klingeln. Gut, Anni ist nicht die Pünktlichste.

15.20 Uhr: Es passiert immer noch nichts. Ich trinke den mittlerweile lauwarmen Kaffee und warte. Zumindest anrufen oder eine Nachricht könnte sie schicken.

Um die Zeit zu überbrücken, durchblättere ich desinteressiert ein Frauenmagazin und frage vierzig Minuten später per SMS nach.

> Kommst du noch?

Die Antwort folgt nach einer halben Minute:

> Ich schaffe es nicht. Zu viel Arbeit. Wie sieht es morgen aus?

Wenn ich wegen Termindrucks arbeitsüberlastet wäre und mich durch Stapel unbearbeiteter Akten durchbeißen müsste, würde ich das Kaffeekränzchen auch sausen lassen. Aber könnte sie nicht wenigstens absagen? Und zwar vorher. Bevor ich extra einkaufen gegangen bin, um die Zutaten für den gedeckten Apfelkuchen zu besorgen, selbstverständlich wie üblich mit dem sperrigen Kinderwagen im Schlepptau, und mich über eine Stunde in die Küche gestellt habe, um Mehl, Eier, Butter, Backpulver, Zucker und Äpfel in einen wohlduftenden Kuchen zu verwandeln. Ich stelle mich wirklich gerne in die Küche, und bei Besuch gebe ich mir besondere Mühe. Aber wer wird schon gerne sitzen gelassen?

Wie soll ich auf Annis Frage reagieren? Unschlüssig jongliere ich mit den einzelnen Reaktionsvarianten. Soll ich aufgebracht anrufen, meine Vorwürfe ins Handy tippen oder schlicht klein beigeben? Wenn ich ihre Frage mit einem einfachen Ja beantworte würde, wäre alles in Butter. Der Kuchen lässt sich problemlos bis morgen im Kühlschrank aufbewahren. Kann ich das? Kann ich vorgeben, es sei alles okay? Mmmh. Wenn ich ehrlich bin: nein. Nicht in dem Moment. Dafür hatte ich mich zu sehr auf ihren Besuch gefreut, dafür bin ich jetzt zu sehr verletzt. Zu tief ist jedes Mal der Fall, wenn Anni mal wieder eine unserer Verabredungen verschwitzt hat.

Wie sieht es morgen aus? Die Frage leuchtet immer noch unbeantwortet im Display meines Handys. Ich entscheide mich für die negative Kurzvariante.

> Nein.

Welchen Klang das Nein hat, ob wütend, geknickt oder sachlich, kann sich Anni selbst aussuchen. Den warnenden Gedanken, was ich mit meiner knappen Antwort anrichten kann, schiebe ich beiseite.

Ich räume den Tisch ab, trinke den nun völlig

erkalteten Kaffee aus und stelle den Kuchen in den Kühlschrank. Zu meiner Enttäuschung gesellt sich Wut. Mitten in München-Schwabing ereignet sich ein Wunder und kaum jemand aus meinem Freundeskreis, bestehend aus Singles und kinderlosen Paaren, hat Zeit oder Lust, daran teilzuhaben. Selbst die wenigen, die wie Anni anfangs noch Interesse an mir, ja sogar an Lil gezeigt und hie und da angerufen haben, finden nicht den Weg zu mir. Angekündigte Besuche werden regelmäßig abgesagt. Die Absagen sind fadenscheinig: dauerkrank, total busy, respektive gestresst. In meiner Empfindlichkeit interpretiere ich das als die Umschreibung für *Du, ich interessiere mich momentan nur für mich und mein Leben, und du und dein Leben, ihr seid mir scheißegal.* Auf manche meiner Einladungen wird nicht einmal mehr reagiert. Bin ich nicht mal mehr eine Absage wert? Habe ich etwas falsch gemacht?

Haben meine Freunde Angst, ich verändere meinen Wortschatz und es wimmelt bei mir nur noch von Hasenöhrchen, Hasenpfötchen oder Hasenpups und das Wasser gibt es nur noch mit *Blubb* anstatt wie bisher mit Kohlensäure? Glauben sie, ich lege skurrile Verhaltensweisen an den Tag, indem ich ein Namensschild aus Salzteig mit unser aller Namen backe oder drei Tage nach der Niederkunft den Anrufbeantworter neu bespreche und mitteile, dass Baby-Lil, Markus und Kim nicht zu Hause sind, wobei ich besonderen Wert auf die Betonung des Namens meiner Tochter lege? Möchten sie sich prophylaktisch davor schützen, ungefragt Berge von Fotos vorgelegt und vorgeschwärmt zu bekommen, wie *sagenhaft toll* doch das Muttersein ist?

Der Typ, der sein Kind bildlich gesehen wie Michael

Jackson aus dem was-weiß-ich-wievielten Stock eines Hotels der jubelnden Menge vorführt, möchte ich nicht sein. Meinen Vorsatz, weder Namensschilder zu basteln noch den Anrufbeantworter neu zu besprechen noch unseren Neuankömmling anderweitig demonstrativ zur Schau zu stellen, habe ich gehalten.

Leider kann ich dies nicht unter Beweis stellen, denn die Menschen, die ich jahrelang für meine besten Freunde gehalten habe, bei denen ich mich zu Hause fühlte, sind mit einem Schlag weg. Ich vermag nicht auszusprechen, wie gekränkt ich bin.

Neun Minuten lang versinke ich in Selbstmitleid, bis ich trotzig entscheide, mit der Vergangenheit abzuschließen.

Nach dem Login in mein soziales Netzwerk kann es losgehen.

Anzahl der Nachrichten im virtuellen Briefkasten? Null.

Anzahl der Freunde: 134.

Kann das sein? Habe ich tatsächlich 134 *Freunde?* Ganz bestimmt nicht, denn mindestens zehn Prozent der Kontakte kenne ich nicht einmal persönlich.

In meiner Aufräumwut erscheint mir beinahe ein jeder überflüssig, und ich hätte gute Lust, alle so genannten Freundschaften zu beenden. Um es mir mit ein paar Mausklicks nicht mit meinem kompletten Bekanntenkreis zu verscherzen, zügle ich mich. Dagmar, Clarissa, Anni. Das reicht fürs Erste. Im Englischen existiert ein eigener Begriff: *to unfriend someone*. Ich lösche, was gelöscht gehört.

Als Kontakt löschen? Ja! Ja! Ja!

Zusätzlich zum Entfreundungsprojekt schnappe ich mir das Handy. Hochzeitsschwärmerin Dagmar erhält on top eine SMS.

Vor zwei Wochen hatte ich sie gefragt, ob sie mit mir Kaffee trinken gehen wolle. Wie zu erwarten kam eine Absage. Nach meinem Bauchgefühl gehörte diese zu den zahlreichen Ausreden, mich Mami-Kim nicht sehen zu müssen.

Dagmar und ich besuchten dieselbe Gymnasialklasse und später die Uni. Unser Verhältnis zu Schulzeiten war kein besonders enges. Mal mochten wir uns, mal mochten wir uns nicht.

Uns verband keine Freundschaft auf den ersten Blick. Erst zu Studienzeiten lernten wir uns besser kennen, zeitweise war sie meine beste Freundin. In den ersten Semestern hielt sich unsere Lernwilligkeit in bescheidenen Grenzen. Das Besondere an unserem gemeinsamen Studium lag darin, dass wir jede Veranstaltung, die mit Lernen zusammenhing, mieden. Viele Versuche, die Uni zu erreichen, endeten winters in einem Café und im Sommer an der Isar; ein Blick an der roten Ampel und wir beide wussten, wir würden bei der nächsten Grünphase garantiert nicht den Weg zur Zivilrechts-Vorlesung nehmen.

Dagmar, der Hingucker. Blond und ordentlich Holz vor der Hütt'n. Für ihre Wirkung auf Männer habe ich sie oft beneidet. An Zucchini haben wir die richtige

Handhabung von Kondomen geübt, um Dagmar für ein romantisches Wochenende mit einem Kommilitonen zu wappnen.

Vor allem Lachen und Spaß kennzeichneten unsere Freundschaft. Aber geweint haben wir auch: An den Weihnachtstagen saßen wir bei Dagmar auf der Couch, verfolgten im Fernsehen Howard Carpendales Abschiedskonzert, jede von uns verstohlen mit den Tränen der Rührung kämpfend, zu beschämt, um zuzugeben, dass wir beide Gefallen an den Schlagerschnulzen fanden.

Vieles haben wir erlebt. Zahlreiche Räusche auf der Wiesn, Silvesterpartys, Urlaube, Wohnungsrenovierungen und, und, und.

Als das Strawanzen in den ersten Semestern sein Ende haben musste, jedenfalls, wenn wir beide ernsthaft doch noch an einer Ausbildung interessiert sein wollten, verließ Dagmar unsere gemeinsame Straße. Anstatt Staatsexamen zu machen, verabschiedete sie sich von der Uni, zog mit Sack und Pack nach Berlin, um in einer Werbeagentur zu arbeiten. Zum Jurastudium hatte sie nie den rechten Zugang gefunden.

Ein starker Baum über die Jahre gewachsen, mit tiefen Wurzeln, der jeder Wucht standhält, den kein Sturm umwerfen kann: Das ist unsere Freundschaft. Dachte ich. Wäre ich ehrlich, würde ich mir eingestehen, dass unsere Freundschaft nicht erst im Moment von Lils Geburt auseinanderbrach. Weitaus früher hatte sie den ersten Knacks erhalten. Vielleicht an dem Tag, an dem Dagmar das Flugzeug nach Berlin bestieg, vielleicht etwas später. Irgendwo zwischen Berlin und München haben wir uns verloren. Über Monate konnte ich sie telefonisch nicht erreichen, meine Nachrichten auf der

Mailbox blieben unbeantwortet. Besuch wollte sie angeblich keinen, jedenfalls nicht von mir. Im Nachhinein erfuhr ich, dass sie andere Freunde, auch gemeinsame aus Schulzeiten, regelmäßig zu sich einlud.

Nach fünf Jahren Funkstille zog Dagmar zurück nach München, der Kontakt intensivierte sich wieder.

Die Vertrautheit und Nähe der ersten Studienjahre wollte sich nicht wieder einstellen. Sie erzählte mir im Prinzip nichts, ich ihr alles, was ich lieber nicht getan hätte. Auch Vertrauliches trug sie achtlos an Kolleginnen weiter. Auf die Idee, dass ich mehr an ihr hing, als sie an mir, kam ich nicht, wollte ich nicht kommen. Jahrelang klammerte ich mich an die Illusion unserer Freundschaft, zehrte von der Vergangenheit.

Als ich mit Markus zusammenkam, reduzierten sich auch die bislang oberflächlich netten Treffen mit Dagmar, die zumeist auf meine Initiative hin stattfanden, auf ein Mindestmaß. Sie mochte Markus nicht, ich mochte nicht, wie sie über und auch mit Markus sprach. Unverhohlen zeigte sie ihre Antipathie gegenüber meinem Freund, sodass ihr Argwohn gegenüber unseren Hochzeitsplänen, die fehlenden Glückwünsche zur späteren Heirat nicht weiter verwunderten. Anstatt von Hochzeit oder Geburt hätte ich auch vom Kauf einer Milchflasche berichten könnten. Es hätte dieselbe Reaktion hervorgerufen, nämlich gar keine.

Warum ergriff ich dennoch immer wieder die Initiative, meldete mich bei ihr? Warum verstand ich nicht, dass Dagmar nur eines wollte: in Ruhe gelassen werden? Aus Gewohnheit? Aus Sentimentalität?

Ich hätte unsere mittlerweile nur noch lose Bekanntschaft einfach auslaufen lassen können, da wir uns seit Monaten nicht mehr zu Gesicht bekommen haben, hätte sich in meinem Alltag nichts geändert. Ich hätte die Absage zum Kaffeetreffen vor zwei Wochen als solche hinnehmen und mich nicht mehr melden können.

Das tue ich nicht. Ich tippe auf der Handytastatur, was lange Zeit zwischen uns stand und was sich bislang keiner getraut hatte, offen auszusprechen:

> Wir müssen uns nicht mehr sehen.

Eine Minute später die Antwort:

> Du hast recht.

Auch wenn es die erwartete Reaktion ist, bin ich zutiefst verletzt.

Oft haben wir uns blind verstanden. Fing ich einen Satz an, beendete sie ihn, genau wie ich ihn beendet hätte. Auch jetzt noch, nach Jahren der Entfremdung, brauchen wir keine großen Worte.

> Mach's gut, Blondie.

Ein Vierteljahrhundert Freundschaft per Knopfdruck beendet. Unsagbare Traurigkeit ergreift Besitz von mir, und ich fühle mich allein wie lange nicht.

Einsame Zweisamkeit

Wie geht es anderen frisch gebackenen Müttern? Wie erleben sie den neuen Alltag? Als Glück? Als Elend? Fühlen sie sich auch einsam? Fragen über Fragen, die ich keinem stellen kann. Anne ist seit Jonas' Geburt auf Tauchstation gegangen und, von dem kurzen Anruf vor einiger Zeit abgesehen, nicht einmal telefonisch erreichbar. Andere Menschen in vergleichbarer Lage kenne ich nicht.

Mein überwiegender Ansprechpartner – Tag und Nacht – ist Lil. Aufmerksam und neugierig verfolgt sie jedes meiner Worte, egal wie viel und was ich von mir gebe, ob geflüstert, gerappt oder gesungen. Selbst wenn ich Urteilsleitsätze des Bundesgerichtshofs zitieren würde, bekäme ich als Antwort garantiert ein Lächeln.

»Mäuslein, soll ich englisch sprechen, damit du zweisprachig aufwächst?«, zwitschere ich. »So ein Quatsch! Du willst doch keinen unschönen deutschen Akzent in die Wiege gelegt bekommen und dir meine Fehler aneignen. Nein, nein, nein. Was macht die Mama denn da für dumme, dumme Vorschläge.«

Hört diese Geschwätzigkeit eigentlich je wieder auf? Wie lange ließe eine Abmahnung wegen Störung der Betriebsruhe auf sich warten, wenn ich mein Alleinunterhalterprogramm im Büro zum Besten gäbe?

♫ *La la la la la.* ♫ Ausgelassen neige ich meinen Kopf von der einen zur anderen Seite.

Mein Mini-Publikum beäugt mich kritisch. *Mama,*

gehört das so? Vermisst sie einen sinnvollen Liedtext? Ihre Skepsis kann durchaus in Zusammenhang mit meinen Sangesqualitäten stehen. Es gibt einige Dinge in meinem Leben, die kann ich nicht, die konnte ich noch nie, und die werde ich auch nie mehr lernen. Hierzu gehören unter anderem Hochsprung und Singen.

Bevor ich in meinem Liederfundus, bestehend aus Titelliedern von Kinderserien nach einer Alternative kramen kann, klingelt es an der Tür.

»Das macht bitte 87,50 Euro. 15 Euro fürs Falschparken, 20 Euro Mahngebühren, der Rest sind Vollstreckungskosten.« Mir wird ein Schriftstück gereicht.

»Einen Moment.« Ich nehme das Papier entgegen und schließe die Tür. Vollstreckungsbescheid. Unterzeichnet ist der Bescheid mit *Unnützer, Gerichtsvollzieher.* Ich überfliege den Inhalt. Einmal falsch geparkt, die Zahlungsaufforderung und auch die Mahnung übersehen und schon steht ein Vollstrecker vor der Tür. War ich der Missetäter? Wann war das denn? Ich kann mich gar nicht erinnern.

Da ich den Staatsdiener nicht zu lange vor unserer Tür warten lassen möchte, begebe ich mich auf Geldsuche. Hoffentlich habe ich überhaupt so viel Bares daheim. Hektisch krame ich in meinem Portemonnaie. Fünfzehn Euro. Das Falschparken wäre immerhin abgedeckt. In unserem Haushaltskassenbeutel befindet sich nur ein Post-it, auf das ich per Hand *20 Euro* geschrieben habe, um mich daran zu erinnern, dass ich mir diesen Betrag ausgeliehen habe.

Das gebe ich ihm lieber nicht. Herr Unnützer sieht nicht aus, als ob er Humor hätte. Zum Glück hat uns meine Oma zu Lils Geburt etwas Geld geschickt. Ich beschrifte ein Post-it – hundert Euro – und lege es in den Geschenkumschlag.

»Dankeschön«, der Staatsdiener nimmt den Schein, reicht mir Quittung und Wechselgeld. »Hier bitte. Jetzt noch eine Unterschrift, dann hammas auch schon wieder. Einen schönen Tag noch.« Und weg ist er.

»Ihnen auch.«

Und jetzt? Die Waschmaschine tut brav ihren Dienst, die Spülmaschine auch, Lil macht ein Nickerchen. Rauf aufs Sofa und die letzten Brigitte-Ausgaben durcharbeiten!

Drrrrr. Nicht schon wieder die Polizei!

Gerade eben wollten sich zwei Polizeibeamte ein Bild darüber machen, ob meine Tochter bei mir bleiben kann. Nachbarn haben mitbekommen, dass ich an Stelle von Wundschutzcreme Zahnpasta verwendet habe, und mich angezeigt. Ist hierfür nicht eigentlich das Jugendamt zuständig? »Kann ich Ihre Dienstausweise sehen, meine Herren?« Einer der Namen ist in griechischen Schriftzeichen geschrieben, wird aber osteuropäisch ausgesprochen. »Kommen Sie doch bitte rein.« Zum Glück habe ich aufgeräumt. »Lil ist nicht da.« Die habe ich zusammen mit unserem Auto einer Freundin geliehen.

Immer wenn ich tagsüber einnicke, träume ich solchen Quatsch.

Drrrrr. Schlaftrunken halte ich den Trichter der Milchpumpe, in der Annahme, es handele sich um das Telefon, an mein rechtes Ohr. »Ja, bitte?« Das Klingeln hört nicht auf. Ich stelle die Milchpumpe beiseite und begebe mich zur Tür. Es ist der Postbote. Der bringt sicher meine Rückbildungs-DVD. Während ich den Empfang quittiere, stiert mir der Typ permanent auf die Oberweite. Erschrocken blicke ich an mir hinunter. Ich werde doch wohl nicht vergessen haben, nach dem Stillen meine Brust wieder zu verstauen? Nein. Alles ist gut verpackt. Der Typ findet einfach nur mein Milchbrüste-Dekolleté zum Anglotzen gut. Das kann ich verstehen.

Als mein Wachstum im Alter von zwölf Jahren beendet war und meine Körbchengröße später nie über Cup A hinausging, setzte ich meine ganze Hoffnung in Schwangerschaft und Stillzeit. Im Moment trage ich Größe C und finde es grandios.

In dem Päckchen befindet sich tatsächlich die ersehnte DVD.

Meine Kaiserschnittnarbe verursacht fast keine Schmerzen mehr, die Rückbildung kann beginnen, auch wenn ich hoffe, dass meine Organe bis jetzt ohne Hilfestellung ihren ursprünglichen Platz wiedergefunden haben. Lil jemand anderem überlassen, wenn auch nur für ein, zwei Stunden, möchte ich noch nicht, und so hole ich mir den Rückbildungskurs ins Haus.

Von wann stammt denn die DVD? Die zehn Rückbildungswilligen tragen einen zusammengewürfelten Look: grellfarbige Leggings, Schlabber-T-Shirts und pudelartige Dauerwelle. Aus einem Kassettenrekorder erklingt Discomusik der 1970er Jahre.

Da mir die Übungen zu anstrengend sind, beschränke ich mich keine drei Minuten später darauf, den Damen bei ihrer Gymnastik zuzusehen, dabei der Musik meiner frühen Kindheit zu lauschen und meine tägliche Doppelration Choko Crossies zu verdrücken.

»Kindchen! Das geht sofort auf die Hüften. Iss lieber was Gesundes, mehrere Kleinigkeiten über den Tag verteilt.«

»Nein. Ich habe nämlich Hunger und Kleinigkeiten.

besonders, wenn sie gesund sind, verursachen schlechte Laune. Irmgard, was machst du überhaupt hier? Ich dachte, ich solle ab jetzt auf eigenen Füßen stehen.«

»Das sollst du auch, und was ich so mitbekomme, klappt das ziemlich gut. Meistens jedenfalls. Nur dein Essverhalten bereitet mir Sorgen. Denk dran: Alles, was du dir jetzt anfrisst, muss später wieder runter!«

»Deshalb schaue ich mir ja jetzt die Turnübungen an, die ich später fleißig machen kann.«

Manchmal geht mir Irmgard extrem auf die Nerven. Zum Beispiel dann, wenn sie mir etwas aufdrängen möchte, was sie in einem Anfall von Kaufrausch bei Tchibo, Aldi oder Lidl gekauft hat, und zu Hause bemerkt, dass sie das eben erst Erworbene schon in mehrfacher Ausführung besitzt. »Kannst du das brauchen?« Irmgard holt einen Balkontür-Moskitoschutz, Schreibtisch-Ventilator oder Ähnliches aus ihrer riesigen Handtasche. Verneine ich, grummelt sie leicht eingeschnappt »Ich habe es nur gut gemeint.« vor sich hin und steckt Netz/Ventilator/ähnlich sinnlose Investition wieder ein.

Genauso strapaziert sie mein Nervenkostüm, wenn sie mir – wie seit Jahren – den Verzehr von Kleinigkeiten nahebringen möchte. Welcher vernünftige Mensch braucht eine Kleinigkeit zu essen? Niemand. Und erst recht nicht eine stillende Mutter.

Markus weiß das oder hat sich mit den Mengen, die ich in der jüngsten Zeit zu mir nehme, abgefunden. Beladen mit drei Einkaufstüten betritt er abends den Flur. »Kannst du mir bitte helfen?«

Ich nehme dem schwer Bepackten eine der Tüten ab und folge ihm in die Küche. Wenn mein fleißiger Ehemann nach Hause kommt, sorgt er für unser kulinarisches Wohl und zaubert allerlei Leckereien auf den Tisch, und zwar in rauen Mengen.

Mein Körper lechzt nach Nahrung, schließlich leiste ich als Stillende Schwerstarbeit und habe deshalb einen erhöhten Energiebedarf. Die Angaben in diversen Internetforen variieren zwischen 400 und 700 Kalorien. Ich entscheide mich für einen Mehrbedarf von 700, und zwar pro Mahlzeit, und haue rein wie ein Scheunendrescher. Nach drei gehäuften Tellern Nudeln, etwa sechs Portionen, verspüre ich ein leichtes Gefühl der Sättigung, könnte aber ohne Not weiteressen. Da Hebamme Samira für die Stillzeit eigentlich jedes Obst und Gemüse vom Speiseplan verbannt hat, ernähre ich mich überwiegend von Nudel-, Fleisch- und Wurstbergen. Anders als befürchtet, mutiere ich dennoch nicht zur Tonne, nehme trotz der verdrückten Mengen sogar ab. Anscheinend braucht mein Körper die Energie wirklich zur Milchproduktion.

»Kim, wie siehst du eigentlich aus?«

»Toll, oder?! Das ist mein neues Ich. In einer Zeitschrift war eine Probe für eine Gesichtsmaske und die hab ich gleich hergenommen. Feuchtigkeit für die strapazierte Haut.« Mir war langweilig.

»Aha.« Markus räumt routiniert den Inhalt der Tüten in den Kühlschrank. Okay, ich gebe zu, es gibt spannendere Themen, aber ein wenig mehr Interesse könnte er schon zeigen.

»Du hast wohl noch nicht in den Spiegel geschaut?«

»Nö, warum?«

»Nur so. Dein altes Ich war mir übrigens lieber.«

Der Sache gehe ich jetzt auf den Grund. Beim Auftragen der Cremeprobe hatte ich keine Nutella-Reste oder ähnliches im Gesicht. Oh. Was ist denn das? Ein krebsroter Ausschlag zieht sich über das ganze Gesicht und den halben Hals. Es ist deutlich zu sehen, wo die Maske aufgetragen war und wo nicht. Meine Augenhöhlen leuchten weiß wie bei einem Totenkopfäffchen. Kein Wunder, dass meine Haut juckt, als marschiere eine Hundertschaft Ameisen darüber.

Während ich die Ausmaße meiner allergischen Reaktion eruiere, wedelt Markus mit einem gelben Post-it, auf das jemand *20 Euro* gekritzelt hat.

»Mit dem konnte ich die Einkäufe nicht bezahlen.« Ach ja richtig. Mensch, meine Gedankenstütze, damit ich die ausgeliehenen zwanzig Euro wieder in den Geldbeutel lege, hab ich ja total vergessen!

»Kein Problem, ich hatte die ec-Karte dabei, aber gib mir vielleicht das nächste Mal Bescheid, wenn wir nur noch selbst gebasteltes Geld haben. Dann gehe ich vorher noch zur Bank.«

»Ich geh mal kurz unsere Kleine begrüßen.« Markus klebt mir den Zettel auf meine Stirn und betritt das Kinderzimmer, macht auf dem Absatz wieder kehrt. »Wo ist meine Tochter?«

Das darf doch nicht wahr sein! Flink hüpfe ich ins dunkle Bad, wo unsere Kleine unter dem Waschbecken in ihrer Wippe sitzt und mich anlächelt. Nach meiner Kosmetikaktion muss ich sie wohl dort gelassen haben.

»Hallo Lil. Da bist du ja. Hat dich die Mama einfach vergessen.« Der Kindsvater sieht mich vorwurfsvoll an, hebt die Vergessene vorsichtig aus ihrer Wippe. »So eine böse Mama. Aber jetzt ist der Papa da, und alles ist wieder gut.«

Ja, würg es mir ruhig rein.

»Hier.« Markus legt mir Lil in den Arm und gibt mir einen Kuss auf die Stirn. »Behalt sie vielleicht erst mal

bei dir, damit du sie nicht wieder irgendwo liegen lässt.«
Dagegen kann ich nicht mal was sagen.

»Ich fang an, zu kochen. Es gibt Rollfleisch.«

Au ja! Zu dritt begeben wir uns in die Küche. Markus öffnet eine Schublade, scannt ihren Inhalt und wirft den Camembert in den Müll. Nach dem strengen Geruch in der Küche zu urteilen muss der schon einige Zeit zwischen Messern und Gabeln gelagert haben.

Markus verzichtet zunächst auf einen Kommentar und greift sich ein Messer. »Sag mal, Kim. Kann es sein, dass heute nicht dein Tag war? Du schmierst dir irgendeine Pampe ins Gesicht, malst Falschgeld, vergisst unsere Tochter im Bad und legst zum hundertsten Mal den Käse in die Besteckschublade anstatt in den Kühlschrank.«

Gewiss, aber die letzten zwei Punkte geschahen nicht vorsätzlich, schon gar nicht mutwillig. Eine Antwort fällt mir wie so oft nicht ein und ich wechsle das Thema. »Liebling?«

»Ja, Kim.«

»Ich kann mit Baby am Schoß gerade schlecht aufstehen. Meinst du, du könntest so lieb sein und mir noch ein Bier geben?« Eine Stillende soll pro Tag nicht drei, nicht vier, sondern fünf Liter trinken. Fünf Liter! Keine gefährliche Tätigkeit, aber anstrengend. Das sind drei Kannen vorzugsweise Stilltee oder fünf Maß respektive zehn Flaschen Bier, alkoholfrei natürlich. Tee fließt mir beim bloßen Anblick aus den Ohren, also gibt es zur Abwechslung ein Bier.

»Sehr wohl.« Clausthaler und Glas werden vor mich auf den Tisch gestellt. »Falls du nichts mehr brauchst, würde ich jetzt anfangen zu kochen.«

»Ist gut. Halt. Noch einen Flaschenöffner.«

»Hier, bitte.«

»Danke, Liebling.«

»Machst du eigentlich auch etwas? Irgendwas Sinnvolles?« Irre ich oder ist der Gatte gereizt?

»Ich kümmere mich um Lil!«, protestiere ich lauthals.

»Na, das hab ich gesehen. Und was machst du sonst?«

»Du bist gemein. Nur weil ich sie *einmal* im Bad gelassen habe, machst du so einen Aufstand. Was machst du denn?« Angriff ist immer die beste Verteidigung, so kann ich wenigstens etwas Zeit gewinnen.

»Arbeiten, einkaufen, kochen, unsere Tochter retten und dich bedienen«, kommt es wie aus der Pistole geschossen.

Dieser Besserwisser weiß genau, dass ich ihm in Konfliktsituationen im Moment haushoch unterlegen bin, denn Anlass des Streits und meine Argumente bleiben mir höchstens für den Bruchteil einer Sekunde im Gedächtnis. Auf seine Antwort fällt mir erwartungsgemäß nichts ein.

»Du, sag mal, Kim, kommt es dir nicht komisch vor. Versteh mich bitte nicht falsch, ich erledige sehr gerne die Einkäufe und kümmere mich um Küche und Haushalt, aber meinst du nicht, dass wir uns abwechseln könnten, zum Beispiel beim Kochen? Nach der Arbeit freue ich mich auch, wenn hin und wieder das Essen fertig auf dem Tisch steht.«

Dieser Macho! Will der mich glatt zum Heimchen am Herd degradieren? Hausfrau? Ich? Ich bin Rechtsanwältin in Elternzeit. Aufgebracht wie ich bin, habe ich nicht die geringste Lust, darüber nachzudenken, ob an dem unterschwelligen Vorwurf etwas dran sein könnte. Täte ich das, käme ich nämlich zu dem Schluss, dass Markus recht hat, zumindest zum Teil. Zugeben würde ich das natürlich nicht. Er lässt sich von meiner Streitlaune anstecken und wir werfen uns wüste Beschimpfungen an den Kopf.

»Rothäutige Brigitte-Abonnentin.«

»Du, du ...«, stammle ich, auf der Suche nach der passenden Gegenbeleidigung. Paragrafenschwein? Nein, zu heftig.

»Was *du, du* ...?«, äfft Markus mich nach, wobei er sein Lachen kaum verbergen kann.

»Jurist, du!« Was Besseres habe ich in dem Moment nicht zu bieten.

»Selber Jurist!«, kontert er. Jetzt müssen wir beide lachen, und Markus entschuldigt sich für die Brigitte-Abonnentin. »Espresso?«

»Ja.«

»Wieder gut?« Der Jurist hält mir versöhnlich eine Kaffeetasse entgegen.

»Ja, wieder gut«, und stoße mit ihm an.

»Weißt du eigentlich, wie's mir geht?«, fragt Markus nach ein paar Minuten.

»Dir?«, frage ich völlig überrascht.

»Ja, mir.« Darüber, wie es dem jungen Vater geht, habe ich mir, seit ich den positiven Schwangerschaftstest in Händen hielt, überhaupt keine Gedanken gemacht. Seit dem Tag des blauen Balkens stapeln sich in meinem Kopf andere Dinge. Seit der Geburt nehme ich mich vor lauter Pflichterfüllung oft selbst nicht wahr. Ich funktioniere. Mein Körper ist mir fremd, darf nicht essen, was er will, darf nicht schlafen, wann er will und fühlt sich nach Kaiserschnitt und milchgefüllt ungewohnt an. Dazwischen, zwischen Milchvorrat und Organen, die ihren Weg zurück an den gewohnten Platz suchen, ist mein Ich. Es ähnelt einem in dicke Wattebahnen gewickelten Streichholz, das sich trotz permanenter Zweisamkeit gelegentlich einsam fühlt.

Zehn Stunden sind die gesetzlichen Höchstarbeitszeiten für Arbeitnehmer. Auch wenn diese manchmal oder öfter nicht eingehalten werden können, findet selbst der längste Arbeitstag irgendwann sein Ende. Kollegen oder Chefs verstehen in der Regel, dass es dann Zeit ist, nach Hause zu gehen. Nicht so Lil. Sie erwartet Rundumbetreuung, Dauerüberwachung und permanente Einsatzbereitschaft, die ich leiste, so gut ich kann.

In Lils Wohl setze ich all meine Energie, ihr gilt nahezu meine gesamte Fürsorge und Zuneigung. Für mich bleibt ein kleiner Rest an Kraft, der es mir ermöglicht, mich täglich essen und duschen zu lassen. Fast nichts an Aufmerksamkeit ist in den ersten Wochen für Markus übrig, nicht aus Gleichgültigkeit, sondern, weil meine Ressourcen erschöpft sind.

Obwohl er nach einem langen Arbeitstag selbst müde ist, nicht nur kocht, sondern auch an allen anderen Ecken und Enden hilft, wäscht, putzt und sich liebevoll um unsere Tochter kümmert, bekommt er als Dank meine emotionalen Schwankungen und gelegentlichen Ausbrüche zu spüren.

Wie er die neue Situation empfindet, mit ihr zurechtkommt, weiß ich nicht. Ich frage nicht. Nicht weil es mich nicht interessiert, sondern weil es mir nicht einfällt. Sein Leben hat sich nicht geändert, er geht täglich wie gewohnt ins Büro, kann auch sonst allein, so lange er möchte, das Haus verlassen, ohne permanent jemanden im Schlepptau zu haben.

Mit einem Wort: Sein Leben ist geblieben, wie es ist, meine ich zumindest. Der Gedanke, auch er könnte Anlaufschwierigkeiten haben oder sich unsicher fühlen, liegt außerhalb meines auf Lil konzentrierten Horizonts.

»Wie geht es dir?«

»Im Prinzip gut. Ein Kollege hatte mich schon gewarnt, dass Frauen nach einer Geburt, zumindest bei der ersten zu Mutterglucken mutieren können. Vielleicht schaffen wir ja in den nächsten Wochen, was zu machen, was wir früher gern gemacht haben? Bevor wir Lil hatten. Irgendwas nur für uns?«

Da kommt es wie gerufen, dass ab nächster Woche ein Monat Elternzeit meines lieben Mannes bevorsteht und sich zwischen die Zeiten trauter Dreisamkeit womöglich klitzekleine Freiräume schaufeln lassen, die eine wohltuende Auszeit vom Elternsein erlauben.

»Außerdem schadet es sicher nicht, wenn jemand den Käse in den Kühlschrank räumt und dafür sorgt, dass Lil in ihrem Bett und nicht im Bad schlafen muss.« Den mangelnden Ernst des letzten Satzes erkennt sogar ein hormongesteuertes Wesen wie ich.

Elterntag

Für Mitte Oktober ist es ungewöhnlich warm, wir sitzen auf bunten Stühlen in der Sonne, löffeln Eis und belauschen ein Gespräch am Nebentisch.

Junge Eltern begrüßen aus drei Meter Entfernung ein herannahendes befreundetes Paar. »Um es gleich vorwegzunehmen: Elternsein macht richtig super Spaß! Das liegt aber auch daran, dass wir ein e-x-t-r-e-m tolles Kind haben!«

Die Mienen der Kinderlosen erlauben keinen Rückschluss auf ihr Innenleben. Begeisterung? Interesse? Gleichgültigkeit? Sie setzen sich und lauschen stumm einem zwanzigminütigen Vortrag ohne Punkt und Komma über den Sohnemann, acht Monate.

»Der Caspar David kann schon ... Neulich in der Krabbelgruppe ... Ich glaube ja wirklich, dass er ... Meine Mutter meint auch ... Ich will ja nichts sagen, aber die Tochter meiner Freundin ... Im Vergleich dazu ist der Caspar David ... Neulich hat er sogar auf dem Handy ...«

Als hätten sie auf ein Stichwort gewartet, stehen die stillen Gesprächsteilnehmer abrupt auf. »Wir müssen leider weiter. Es hat uns richtig super Spaß gemacht, einen Einblick in euren neuen Alltag zu kriegen und es war e-x-t-r-e-m schön, euch wiederzusehen. Das müssen wir unbedingt bald wiederholen.«

Nachdem die beiden Stühle an ihrem Tisch unerwartet frei geworden sind, sind es Caspar Davids Eltern, die schweigend die Reste der Eisportion aufessen und schließlich auch das Weite suchen. Schade, mich hätte brennend interessiert, was der Kleine neulich sogar auf dem Handy ...

»Kim, pack zusammen, wir haben einen Termin!«

»Es regnet, es regnet, die Erde wird nass.« Der Begossene schüttet sich mit Händen Wasser auf den Kopf, dreht sich lachend im Kreis und singt inbrünstig. Die anderen Eltern im Baby-Schwimmbecken tun das Gleiche.

»Mann, komm ich mir dumm vor.«

»Egal, mach weiter, wir tun das fürs Kind.« Das weiß das Opfer, das der Vater in diesem Moment für es bringt, indem er sich in Badehosen zum Deppen macht, nicht im Ansatz zu würdigen. Allein der Anblick des Wasserbeckens hat genügt, sie in tausend Tränen ausbrechen zu lassen. Vorsichtige Versuche, sie durch leichtes Eintauchen mit den Füßen oder zumindest mit dem kleinen Zeh an das Nass zu gewöhnen: untauglich. Wie ein kleines Äffchen klammert sich der Wassermuffel an mich und hätte sich am liebsten auf meinen Kopf gesetzt.

Nach zehn Minuten geben wir auf und verlassen die Gruppe der Synchron-Babyschwimmer.

Elf Stunden später.

»Schlaf gut.«

»Du auch. Zum Glück muss ich morgen nicht in die Arbeit.« Markus dreht sich um und ist im nächsten Moment eingeschlafen.

3.22 Uhr. Vor einer Viertelstunde sind wir heimgekommen.

Dank Elternzeit ist es kein Problem, nachts von eins bis zwei in der Kindernotaufnahme in einem zugigen und ungemütlichen Flur auf einen Arzt zu warten. Unser Krümel scheint sich beim Baden erkältet zu haben, denn er niest in einer Tour und hustet gegen Mitternacht in einer Tonlage wie nach achtzig in einem Zug gerauchten Zigaretten. Außerdem sind Oberkörper und Beine von einem Ausschlag übersät, der an eine Landkarte erinnert: großflächig rot die Länder, die freien weißen Stellen das Meer.

Hin- und hergerissen zwischen Überfürsorglichkeit und der Angst vor einer Lungenentzündung sowie einer unheilbaren Hauterkrankung, fahren wir schließlich in die Klinik. Eine junge Assistenzärztin identifiziert den Raucherhusten als Pseudokrupp, bei dem ein Baby im schlimmsten, wenn auch sehr unwahrscheinlichen Fall ersticken könnte. Gegen die Schwellung im Hals hilft ein Kortison-Zäpfchen. Länder und Meere werden als diffuser Ausschlag diagnostiziert. Mit einer weiteren Dosis Kortison im Gepäck verlassen wir erleichtert die Klinik.

Einn Wochn später.

»Kann ich jetzt bitte kochen? Ich habe Hunger«, mosert meine bessere Hälfte. Zu Unrecht wie ich finde.

»Wir müssen aber den Film zu Ende schauen«, entgegne ich schmollend. Gemeinsame Elternzeit hatte ich mir anders vorgestellt.

»Kim, dein Film ist wahrlich ein cineastisches Meisterwerk, aber allmählich reicht es.« Markus verzieht sich in die Küche und klappert mit allerlei Töpfen.

»Dann schau ich halt alleine weiter«, grummle ich vor mich hin.

Dank meiner hätte der Gute die Möglichkeit, an verpassten Momenten, an kostbaren Momenten wenigstens visuell teilzuhaben. Um mich auch noch in Jahrzehnten zu erinnern, fotografiere ich unser Würmchen nicht nur tausende Male, sondern drehe – manchmal mehrfach täglich – Videofilme mit den aussagekräftigen Titeln *Lil schläft, Lil schreit, Lil hat Schluckauf, Lil niest, Lil erzählt, Lil spielt, Lil erzählt 2* usw. Meine Werke haben grundsätzlich eine Länge von einer Minute.

Nur beim ersten Bad – *Lil badet* – mache ich eine Ausnahme, neun Minuten. Überlänge. In der Szene, die über den Bildschirm läuft und die der Rabenvater gerade verpasst, taucht Nachsorgehebamme Mahasti das kleine Engelchen vorsichtig ins Wasser und erklärt, worauf ich bei künftigen Säuberungsaktionen zu achten habe. Allein Mahastis Quietsche-Entchen-Stimme ist die Verewigung wert. *Wir machen jetzt planschi planschi! Du süße Maus! Planschi planschi*! Ich verstehe Markus nicht. Was kann spannender sein als Mahasti bis zur letzten Sekunde der Videoaufnahme zu beobachten, wie sie den Zwerg wickelt und anzieht?

»Oh mein Gott!«, schallt es aus der Küche.

Habe ich wieder einen Schnuller auf dem Herd vaporisiert? Ich eile an den Ort des Geschehens, um meinem Mann in der Katastrophe beizustehen und lasse mir vorsorglich eine verdammt gute Ausrede für mein Fehlverhalten einfallen. »Was ist passiert?«

»Wir haben keine Putzlappen mehr!!«

Und ich dachte, es sei was Schlimmes passiert. Den Kommentar verkneife ich mir. Jeder hat seine Eigentümlichkeit, bei meinem fleißigen Hausmann sind es Putzlappen, bei mir sind es Windeln, ohne die wir nicht sein können. Ohne Quartalsvorrat des Objekts der Marotte bekommen wir hektische Flecken.

»Vielleicht könntest du den Lumpen hier nehmen?«

»Auf gar keinen Fall! Weißt du, wie viele Keime und Bakterien sich darin sammeln. Der muss sofort fachgerecht entsorgt werden. Ich gehe nochmal in die Drogerie. Brauchen wir sonst etwas?«

»Ja, Windeln.«

Eine halbe Stunde später kehrt mein Haushaltsfreak zurück. In seinem Gepäck befinden sich zehn Packen Lappen und 136 Pampers, Größe 3.

»Ich habe noch einen kleinen Umweg über den Karstadt genommen und einen Wäschetrockner gekauft.«

»Super, stellst du ihn bitte ins Bad.«

Mein Mann lacht laut auf. »Kim, denk doch mal nach. Nimmst du tatsächlich an, ich hätte sechzig Kilo Haushaltsgerät in den Rucksack gepackt und mal eben so über die Distanz von einem Kilometer nach Hause getragen?«

Wenn ich ehrlich bin ...

Wenig später duftet es aus der Küche verlockend. »Das riecht aber gut! Was gibt es denn?«

»Rinderfilet mit grüner Pfeffersoße und Wildreis. Du kannst dich setzen. Dein Clausthaler steht schon bereit.«

»Hast du bei der Elterngeldstelle angerufen?«, frage ich zwischen zwei Schlucken Bier.

»Ja.«

»Und? Warum haben sie dein Elterngeld um die Hälfte gekürzt?« Die praktische Handhabe der vor nicht allzu langer Zeit eingeführten staatlichen Leistung bereitet mir Kopfzerbrechen, woran allerdings nicht nur mein Low-brain-Status schuld zu sein scheint.

Der Anwalt an meiner Seite kann die Begründung für das behördliche Verhalten ebenfalls nicht nachvollziehen, und der ist im Vollbesitz seiner geistigen Kräfte.

»Keine Ahnung. Ich habe es ehrlich gesagt nicht verstanden. Die Sachbearbeiterin hat versucht, es mir zu erklären. Pass auf: Ich bin von *Mitte* Oktober bis *Mitte* November in Elternzeit. In Bezug auf den Zahlungsanspruch war das ein Fehler, da unser Töchterchen, wie du weißt, *Anfang* Juni geboren ist. Seitens der Behörde wird unterstellt, ich sei bereits Anfang Oktober in Elternzeit gegangen. Das bis Mitte Oktober erzielte Einkommen wird, da ja in fingierter Elternzeit erzielt, vom Elterngeld abgezogen.«

Obwohl ich gedanklich längst die Segel gestrichen habe, fährt der Göttergatte fort.

»Im Ergebnis heißt das: Für den Monat Elternzeit, aus Behördensicht von Anfang Oktober bis Anfang November, wird mir ein um das erzielte Gehalt gekürztes Elterngeld bezahlt. Für die folgenden zwei Wochen bis Mitte November bekomme ich gar nichts, kein Elterngeld und da ich nicht arbeite, natürlich auch kein Gehalt. Alles klar?«

Ich schüttle den Kopf.

»Nein? Mir auch nicht. Als einzige Begründung mussten irgendwelche internen Richtlinien herhalten. Hoffentlich erleidet Lil keine bleibenden Schäden, weil ich sie nicht von Stichtag Beginn Monat vier bis Stichtag Ende Monat vier betreue, sondern quasi mitten in einen laufenden Betreuungsmonat hereingeplatzt bin.«

Nach dem Essen haben Markus und ich ein paar Stunden für uns, in denen wir zwar nicht aus dem Haus, uns aber mit anderem als Babyhege und -pflege beschäftigen können, weil das Pflegeobjekt ruhig schläft. Da wenig aufwendig, schauen wir entweder Krimis im Fernsehen oder DVDs mit alten Derrick-Folgen.

Ursprünglich dachte ich, Markus spinnt, als er mir einen Derrick aus den 1970er-Jahren vorschlug. Schon nach einer Folge revidierte ich mein Urteil und kam zu dem Schluss, dass der Serie zu Unrecht ein spießiges und graues Image anhaftet, jedenfalls, was die ersten Folgen aus meinem Geburtsjahrzehnt anbelangt, die zum Teil Kultcharakter haben. Derrick lebt in einer Wohnung in den grellsten Farben, die nach heutigen Maßstäben absolut hip wäre, fährt einen coolen Schlitten, raucht und trinkt während der Dienstzeiten Bier, was ihm etwas Verwegenes verleiht. In fast jeder Folge treten große Schauspieler wie Thomas Holtzmann, Lilli Palmer oder Curd Jürgens auf. Allein schon der Witz und Sarkasmus, mit denen Horst Tappert und Fritz Wepper ihre Rollen spielen, was zu einer gewollten oder ungewollten Komik führt, machen die Serie sehenswert.

Passenderweise haben wir keinen Flachbildschirm, sondern ein sperriges Ungetüm von Fernseher, das zwar nicht ganz aus dieser Zeit stammt, sich wegen seiner Optik aber blendend in die 1970er-Jahre-Atmosphäre einfügt. Solch Fernsehereignisse sind wahrlich kleine Inseln.

»Waldweg, Johanna, Stiftungsfest ...« Markus geht die Titel der einzelnen Folgen durch. »Was möchte meine Kim denn heute sehen?«

Waldweg kenne ich fast auswendig, *Johanna* haben wir erst kürzlich gesehen. Ich überlege: *Stiftungsfest?* Die Folge hat einen besonderen Wert, denn sie spielt in unserem Hochzeitslokal. Heute steht mir der Sinn nach etwas anderem. »Lies weiter, bitte.«

»Mitternachtsbus, Tod am Bahngleis, Nur Aufregung für Rohn, Madeira ...«

»Halt. Die ist gut.« *Madeira*, eine meiner Lieblingsfolgen mit Curd Jürgens als Paul Bubach. Ein seriös anmutender älterer Herr ködert seine Opfer – alleinstehende, wohlbetuchte Damen jenseits der sechzig – damit, nach Madeira auszuwandern, um dort gemeinsam den Lebensabend zu verbringen. Die Zelte abgebrochen und all ihr Geld in den Taschen, lockt er die Ahnungslosen listig in eine versteckte Hütte im Wald, wo er die Gutgläubigen vergiftet und die Leichen im Garten vergräbt. *Eine Perle der Derrick-Reihe* lautet das Urteil eines Fans.

Bei der Titelmusik bin ich noch ganz fit, doch schon nach wenigen Minuten fallen mir immer wieder die Augen zu. Den ersten Mord verfolge ich überwiegend als Hörspiel, und ab Minute 23 schlafe ich schon tief und fest, verpasse leider den Dialog bei Champagner im Englischen Garten zwischen Paul Bubach und seinem nächsten Opfer, Frau Peters.

»In meinem Alter gibt es nur eine Art, das Leben zu verlängern, indem man den Winter überspringt«, sinniert Curd Jürgens mit sonorer Stimme, bemüht, auch Frau Peters Madeira schmackhaft zu machen.

»Und die Blüten im Frühling«, schwärmt diese, schon längst entschlossen, den vermeintlich seriösen älteren Herrn in den Süden zu begleiten.

»Ein Meer, ein wahres Meer.«

Selbst wenn ich während der laufenden Folge einschlafe, fühle ich mich pudelwohl und überdies an meine Kindheit erinnert, in der *Drei Fragezeichen*-Kassetten das beste Schlafmittel waren.

Gleichgesinntt gesucht

Viel zu schnell verfliegt der Elternmonat und nach der intensiven Zeit zu dritt als Familie und zu zweit als Paar trifft mich die Einsamkeit mit voller Wucht.

Mir fällt niemand ein, mit dem ich Erfahrungen, Ängste, Sorgen und Nöte meines neuen Lebens teilen könnte. Der Familienversorger sitzt an seinem Büroschreibtisch vor drei Stapeln Akten, die sich im vergangenen Monat seiner Abwesenheit angehäuft haben und sucht nach einer Strategie, wie er die zu erledigende Arbeit bewältigen kann. Die verbliebenen Freunde, allesamt kinderlos, arbeiten ebenfalls. Leidensgenossin Anne ist zwar zwischenzeitlich wieder aus der Versenkung aufgetaucht, meldet sich gelegentlich per SMS oder telefonisch, erweckt aber den Eindruck, lieber mit Jonas allein sein zu wollen, und so lasse ich sie in Ruhe.

Wo geht die vereinsamte Mutter hin, wenn sie unter Leuten sein möchte? In die Drogerie? Da war ich heute schon zweimal. Spazieren? Bitte nicht schon wieder. Wohin dann? In den Coffee-Shop!

Herkömmliche Cafés meide ich, seit der Kinderwagen mein ständiger Begleiter ist. Die meisten sind nicht geräumig genug für mein sperriges Gefährt und ich werde das Gefühl nicht los, mit diesem Ungetüm kein gern gesehener Gast zu sein. Freundlichkeit und Toleranz der Bedienungen sinken mit zunehmender Anzahl der bereits anwesenden Kindertransporter. Auf Anhieb fallen mir sogar zwei Lokale ein, in deren Tür oder Schaufenster sich zu dem Bild des durchgestrichenen Hundes eine weitere Variante gesellt hat: ein durchgestrichener Kinderwagen. Was würden die Leute wohl sagen, wenn in einer Restauranttür ein durchgestrichener Rollstuhl abgebildet wäre?

Der Coffee-Shop bietet ausreichend Platz und ist daher ein beliebter Treff für Mütter mit kleinen Kindern. Heute ist ein besonders frequentierter Tag, denn ich zähle achtzehn Stöpsel. Ein Mann um die sechzig, der den Shop gerade betreten möchte, bleibt beim Anblick der vielen Winzlinge abrupt in der Tür stehen, mault vor sich hin: »Herrschaftszeiten. Früher sind die Mütter alle zu Hause geblieben« und macht auf dem Absatz wieder kehrt.

Gerade in solchen Momenten wünsche ich mir ein Eltern-Kind-Café. Zum Teil gibt es so etwas zwar schon, aber entweder in weiter Entfernung oder mit läppischen Öffnungszeiten von drei Stunden pro Woche oder gar Monat. Das reicht aber nicht! Dafür gibt es zu viele Anschluss oder Gesellschaft suchende Mütter in Elternzeit, denen allein zu Hause die Decke auf den Kopf fällt.

Manche der Frauen in dem Coffee-Shop sind wie ich allein, andere zu zweit, zum Synchron-Stillen, oder in kleinen Gruppen. Glücklich, aber einsam, ist mein Eindruck derjenigen, die sich nicht in Begleitung anderer Erwachsener befinden. Manch eine konzentriert sich ausschließlich auf ihren Sprössling, manch andere lächelt verstohlen in die Runde. Kontakt ergibt sich keiner, auch wenn das Lächeln erwidert wird.

Welche Mutter-Typen sind mir eigentlich seit Lils Geburt über den Weg gelaufen?

Die Dauergutgelaunte, die ungefragt jedem erzählt, wie viel Spaß sie mit ihrem Baby hat und wie sagenhaft toll doch das Muttersein ist.

Die Karriere-Mutter, die von vornherein einen Kaiserschnitt geplant hat, nicht stillt und nach vier Wochen wieder Vollzeit arbeiten geht.

Die Stylishe mit Design-Kinderwagen und Still-sichtschutz, die ihr Kind als passendes Accessoire zu ihrer Louis-Vuitton-Wickeltasche betrachtet.

Die Mutter mit dem Wunderkind-Syndrom, die ungefragt jedem erzählt, dass ihr Nachwuchs hochbegabt ist, weil es sich mit acht Wochen dreisprachig selbst die Windel wechseln kann.

Die Hyperbesorgte, die überall Viren-/Bakterien-angriffe fürchtet und jeden rundum desinfiziert, der sich auf zehn Meter dem Baby nähert.

Die Emanze, die erwartet, dass sich der Kindsvater exakt gleich viel um Nachwuchs und Haushalt kümmert wie sie und die zur Durchsetzung ihrer Interessen schon mal mit der Brust auf den Tisch haut.

Die Verbiesterte, die das Kind nicht unbedingt gewollt hat und mit anderen Müttern auf gar keinen Fall etwas zu tun haben möchte, da jede mit ihrem Schicksal zufriedene Frau eine langweilige und doofe Pissnelke ist.

Wie üblich ist der Lärmpegel enorm, was überwiegend nicht an den kleinen Gästen liegt. Beim Betreten des Coffee-Shops stößt der Besucher gegen eine Wand Dancefloor-Musik und die Lautstärke wird auch nicht angesichts der vielen Kindergäste gedrosselt. Eher im Gegenteil. Wollen sie uns auch hier rausekeln?

Ich spreche eine der Bedienungen an. »Habt ihr was von den Bee Gees?« Die Frage meine ich nicht ernst.

»Ne.« Verständnislosigkeit schlägt mir entgegen, dennoch wechselt sie auf meine Bitte das Musikprogramm.

Zurück auf der Couch kommt mir die Idee, dass die zwanzigjährige Kaffeemaus die Bee Gees vielleicht gar nicht kennt.

Trotz der musikalischen Widrigkeiten gehe ich gerne hierher, denn neben der Gewissheit, immer andere Mütter mit Babys zu sehen, ist der Kaffee nach meinem Geschmack. Alkohol und Zigaretten geben mir nichts, aber auf Koffein zu verzichten, ist ein Ding der Unmöglichkeit. So sitze ich nun vor meinem Cappuccino, auf den *extra shot* – einen zusätzlichen Espresso im Cappuccino – habe ich verzichtet. Daran, dass ich einen *large cappu to stay/go,* und keinen *großen Cappuccino zum hier Trinken/Mitnehmen* bestellen muss, habe ich mich zwischenzeitlich gewöhnt. Kaum jemand hinter dem Tresen spricht eine andere Sprache als coffee-shoppisch.

Koffein-gestärkt und wieder etwas glücklicher mache ich mich auf den Weg. Doch wieder stellt sich die Frage, wohin?

Der Coffee-Shop-Aufenthalt in Gegenwart fremder Mütter ist ein gutes Mittel zur kurzfristigen Überwindung akuter Einsamkeit, eine dauerhafte Lösung gegen das Alleinsein mit Erfahrungsaustausch unter Leidensgenossinnen bietet er nicht.

Aber wo finde ich Kontakte zu anderen Mütter? Ihnen zu begegnen, ist als solches nicht schwer, schon gar nicht in München-Schwabing. Ich habe den Eindruck, als sei die Kinderwagendichte nebst Inhaberinnen und Insassen in unserem Viertel in den letzten zwei Jahren rapide gestiegen, was ein Kennenlernen aber nicht erleichtert. Stutenbissigkeit unter jungen Müttern scheint mir keine Seltenheit. Bilde ich es mir ein oder sehen mich die Exemplare mit älteren Kindern triumphierend an? *Ich bin schon viel besser Mutter als du!* Ist das Kind im gleichen Alter wie meines, glaube ich in einem Giftblick zu lesen: *Geh mir aus dem Weg, du Krippenplatz-Konkurrent!* Wo finde ich aber die verständnisvolle Gleichgesinnte, mit der ich mich über Milchpumpen, Stilleinlagen und ähnlich interessante Themen unterhalten kann, über Dinge, die kein anderer hören will und die kein anderer versteht? Wo ist eine *beste Mutter?* Mit einem Wort: Wo ist *meine* Mutter?

Jedenfalls weiß ich, wo sie nicht ist. Sie ist nicht im Coffee-Shop und sie ist auch nicht auf der nächstgelegenen Grünfläche, dem Friedhof.

Selbst wenn es makaber klingt: Der nahegelegene Friedhof ist ein Ort der Begegnung für Senioren, Jogger und Mütter. Jedes Mal, wenn ich den gemauerten Eingang aus rotem Backstein passiere, erlebe ich ein Gefühl der Genugtuung. Dort prangt ein einziges Schild, auf dem ein rot durchgestrichener Hund abgebildet ist. Endlich müssen mal andere draußen bleiben.

Auf den sandigen Wegen zwischen den Gräberreihen schieben Mütter und Rentner ihre Wägelchen vor sich her, aber nur auf den inneren Pfaden. Der äußere, den Friedhof umrundende Weg gehört den Joggern, die schnaubend und schnaufend mal schneller mal behäbiger ihre Runden zwischen den letzten Ruhestätten längst Verstorbener drehen. Es ist fast schon ungeschriebenes Gesetz, dass jeder in seinem Terrain bleibt. Bei Verstoß gegen die stillschweigend getroffene Vereinbarung kann es passieren, dass der Eindringling von dort, wo er fehl am Platz ist, weggescheucht wird.

153

Unter den Müttern hat sich nach meiner Beobachtung eine Hierarchie eingebürgert, eine Hierarchie mit drei Ebenen. Die unterste Ebene, Ebene drei, beherbergt solche, die nicht dazugehören. Wer Ebene zwei erklommen hat, kann sich glücklich schätzen, denn hier gehört man dazu. Am glücklichsten aber sind diejenigen, die es auf die höchste, erste Ebene geschafft haben. Denn hier gehört man noch mehr dazu.

Wer – wie ich – nicht dazugehört, schiebt unter einem grauen Himmel allein und schweren Schrittes sein Wägelchen durch den Schneematsch vorbei an den Gräbern von Kirchenratstöchtern, Generalmajorsgattinnen oder Privatierswitwen und sinniert über den nächsten Großeinkauf in der Drogerie. Wer dazugehört, geht zu zweit geschäftig plaudernd seine Strecke ab, mehrfach – der Friedhof ist nicht besonders groß. Wer noch mehr dazu gehört, bildet mit vielen anderen Müttern, gelegentlich auch Vätern, und vielen Kindern verschiedenen Alters eine Gruppe, fachsimpelt über den Inhalt der letzten PEKiP-Stunde und schenkt nebenbei den Außenseitern wie mir mitleidige Blicke. *So eine war ich auch einmal.*

Es muss also etwas geschehen. Ich will die oberste Stufe der Mütter-Hierarchie erklimmen! Der Weg dorthin ist steinig und gelegentlich voller Gefahr. Nichts Böses ahnend, spaziere ich durch den Friedhof, als ein wild gewordener Dreijähriger mit einem Stock, doppelt so groß wie er, auf meinen Kinderwagen samt kostbarer Fracht einzudreschen droht.

Seine Mutter ist schnell genug, um den Einschlag zu verhindern. Mit Engelsstimme säuselt sie sanft: »Ach Oscarchen. Da ist die Mama jetzt aber sehr traurig.« Mehr nicht. Keine Entschuldigung, kein Lächeln, nichts.

In meiner Empfindlichkeit als Erstlingsmutter bin ich jetzt sehr traurig. Unter Schimpfen verstehe ich etwas anderes.

Hätte ihr Sohn ein T-Shirt mit der Aufschrift *Ich darf alles!*, würde ich mich nicht wundern. Sofort nachdem ich das gedacht habe, schäme ich mich. Was macht mich so gehässig? Enttäuschung, weil nicht jeder meine Baby-Begeisterung teilt? Der Verlust meiner besten Freunde? Oder die Einsamkeit, die mit dem Tag einsetzte, als ich mit Lil aus der Klinik nach Hause kam?

Kaum dass ich mich vom Schock des Angriffs und meiner Gemeinheit erholt habe, marschiert stechenden Schrittes ein Muttertier, das ich aus der Geburtsvorbereitung kenne, mit Kinderwagen an mir vorbei. Sie sieht mich prüfenden Blickes an, und als sie mich erkennt, ruft sie mir, ohne ihr Tempo zu drosseln, bereits wieder aus zehn Metern Entfernung zu: »Wir haben es eilig!« Sieht sie mir an, dass ich gerne meine Steuererklärung mache?

Fünf Stunden später.

»Schau mal, was ich kann! Toll, gell?« Begeistert ziehe ich meine Bauchmuskeln zusammen und lasse wieder locker. Es braucht fünf Wiederholungen bis sich der liebe Ehemann endlich zu einem »Ja, toll« herablässt. Ist er sich denn nicht der Bedeutung dieses Augenblicks bewusst? Das erste Mal seit Monaten kann ich meinen Bauch wieder spüren, kann meine Muskeln kon-trol-lie-ren!

»Heute Nacht bin ich bei einem Autounfall ums Leben gekommen.«

»Dafür siehst du aber erstaunlich gut aus«, höre ich Markus' Stimme hinter der Zeitung.

»Im Traum«, füge ich erklärend hinzu.

»Ach so.« Drei Minuten Pause. Über den Zeitungsrand kann ich des Lesers Augen sehen. »Ist sonst noch was passiert?«

Ich schüttle den Kopf. Die Augen verschwinden wieder hinter der Zeitung. Ist das alles, worüber wir uns unterhalten können? Ich könnte noch erzählen, wie oft ich unser Schätzchen gestern umgezogen und gestillt habe, wie es sich anfühlt, Babywäsche aufzuhängen, und welche Nespresso-Sorten ich getrunken habe. Nicht besonders prickelnd, also lasse ich es.

Neben dem Alleinsein bereitet mir auch der veränderte geistige Fokus des Hausfrauen- und Mutteralltags gewisse Schwierigkeiten. Habe ich in meinem Beruf komplexe Verträge überprüft, nach Antworten zu kniffligen Rechtsfragen gesucht, zum besseren Verständnis für die Kollegen Juristendeutsch ins Laienhafte übersetzt, beschränkt sich meine Verantwortung auf die Entscheidung, ob ich Öl- oder Feuchttücher beim Windelwechsel verwende.

In meiner neuen Welt schwebe ich so dahin, ohne zwingende Termine, ohne Zeitgefühl. Ich weiß nicht einmal, welchen November wir haben, was sicher daran liegt, dass Dezember ist.

Ich kümmere mich unglaublich gern um Lil, und mein Vorrat an Zuneigung für das kleine Wesen ist unerschöpflich, doch die neue Art der Betätigung fordert mich anders als gewohnt.

Nachdem sich meine hausfraulichen Pflichten auf ein überschaubares und gut zu meisterndes Maß reduziert haben, ist mir schlicht und ergreifend langweilig.

Die Fernseh-Dokumentation über Störche in Anatolien reißt es auch nicht wirklich raus.

Auch möchte ich nicht mehr als Einzelgängerin parallel zum Rest der Gesellschaft dahin schweben, deshalb müssen Kurse besucht werden! Vielleicht führt der Weg über eine Anmeldeliste zu mehr Solidarität und Gemeinschaftssinn unter Müttern und ich setze meine ganze Hoffnung auf PEKiP & Co.

In der Apotheke fällt mir ein Eltern-Kind-Heft in die Hände, in dem sich neben allerlei gesundheitlichen Ratschlägen auch Angebote für Treffs, Kurse und Gruppen aller Art für junge Eltern über mehrere Seiten verteilen. An jedem Tag gibt es überall in der Stadt Baby-Schwimmen oder -Yoga, frühkindliche Musikförderung, Krabbel- und Spielgruppen, Fremdsprachen für Säuglinge und natürlich PEKiP. Mit so viel Programm hatte ich nicht gerechnet! Mein Herz schlägt schneller vor Begeisterung.

Wir wohnen strategisch günstig, sind umgeben von Mutter-Kind-Häusern, Hebammenpraxen und Elterntreffs. Irgendwo muss also der passende Ort sein.

Sollte mir das kleine Fräulein in späteren Jahren vorwerfen, ihr Terminkalender im ersten Lebensjahr ähnelte dem von Johannes Heesters, der mit über hundert Jahren bis auf Weiteres ausgebucht war, werde ich zugeben müssen, dass mich unter anderem mein Mangel an Abwechslung und Ansprache hierzu getrieben haben.

Kursfieber

Zwei Tage später.

»Hier bitte. Dann sehen wir uns am Freitag in einer Woche.« Hebamme Samira drückt mir die Quittung in die Hand. Fast enttäuscht nehme ich sie entgegen. Baby-Massage, bestehend aus gerade mal zwei läppischen Stunden an einem einzigen Nachmittag. Das ist nicht das, was ich mir vorgestellt habe. Viele Kurse wollte ich haben!

Frohen Mutes suchte ich die Hebammenpraxis auf, in der ich als Schwangere zu eigentlich allem herzlich willkommen war. Zu jedem erdenklichen Kurs, bei dem Babys Anwesenheit zumindest nicht unerwünscht, vielleicht sogar obligatorisch ist, hätte ich mich angemeldet. Wirklich zu jedem, sogar zum Stillkreis. Doch die Ausbeute ist mager, sehr mager. Als Mutter mit Baby gehöre ich wohl nicht mehr zur Hauptzielgruppe. Nicht traurig sein. Einmal Baby-Massage ist besser als nichts.

Am Freitag eine Woche später sitze ich, wie vor über einem halben Jahr zur Geburtsvorbereitung, in dem rosa gestrichenen etwa fünfzehn Quadratmeter großen Raum. Mit mir sieben Frauen, die Stöpsel diesmal nicht mehr im Bauch, sondern vor uns liegend, in Windeln oder komplett nackt. Den Kurs leitet Sabine, eine junge Kinderkrankenschwester mit blondem Pferdeschwanz. An einer Babypuppe demonstriert sie die einzelnen Massagegriffe, erklärt in zwei Stunden, wofür an sich zehn Minuten gereicht hätten. Gemütliche Ineffizienz.

Die Gespräche der Teilnehmerinnen haben alle einen ähnlichen Inhalt. »Wie heißt denn dein Baby?« — »Lara/ Svenja/Leon/...« — »Wie schön!« — »Und deins?« — »Lukas/Anton/Lea/...« — »Auch schön.« — »Und wie alt ist es?« — »Acht Wochen. Und deins?« — »Fünf Wochen.« — »Was, noch so klein?« Schweigen.

Stillen und wickeln im Kanon. Ein Baby steckt das nächste und übernächste mit seinem Geschrei an, bis am Ende der Kettenreaktion alle brüllen. Nach kurzer Zeit beruhigen sich die meisten. Lil nicht. Nach fünfzehn Minuten Unterbrechung kann die Massage auch für uns weitergehen. Ob sie ihr gefällt oder nicht, kann ich nicht feststellen, sie lässt jedenfalls von jetzt an geduldig allerlei Handgriffe über sich ergehen.

Da die zwei Stunden Baby-Massage wie erwartet im Nu verflogen sind, bin ich nach wie vor im Kursfieber.

Nachsorgehebamme Mahasti hatte zwar schon acht Wochen nach der Geburt ihr Okay für einen Rückbildungskurs gegeben, doch ich hatte mich bislang nicht getraut. Auch fast ein halbes Jahr später herrscht in einem Radius von zehn Zentimetern rund um die Kaiserschnittnarbe immer noch Taubheit. Wie nach einem Zahnarztbesuch, wenn die Wirkung der Spritze noch nicht nachgelassen hat. Wegen des kleinen Erfolgserlebnisses – kontrollierte Bewegung der Bauchmuskeln – sehe ich die Zeit gekommen, meinen Körper wieder sportlich zu betätigen.

In der Geburtsklinik wird ein fortlaufender offener Rückbildungskurs angeboten. Wer will, kann sein Baby mitbringen, doch ich sehe dies als gute Möglichkeit für erste Trennungsversuche. Nach anfänglicher Skepsis, mein Junges aus meiner Obhut zu geben, lasse ich sie für die zwei Stunden Abwesenheit bei der Oma. Gegen den Hunger wird eine Milchflasche helfen und was soll schon groß passieren, außer dass sie ein bisschen weint?

Da jede der Anwesenden mit sich selbst beschäftigt zu sein scheint, konzentriere ich mich überwiegend auf meinen Beckenboden. Nie zuvor habe ich diesen Begriff derart oft gehört wie vor und nach der Geburt. Bis dato wusste ich überhaupt nicht von dessen Existenz, geschweige denn, wo sich dieser befindet. Obwohl die meisten Übungen nicht anstrengend sind, bin ich nach der Stunde fix und fertig, da mein Körper keine Bewegung mehr gewöhnt ist.

Weil auch Lil von der Förderung profitieren soll, bin ich weiter auf der Suche nach Kursen, die wir zusammen besuchen können. Übers Internet stoße ich auf einen Ort ganz in unserer Nähe, der mit seinem reichhaltigen Angebot Verheißungsvolles verspricht.

Es kommen Baby-Yoga und – wie sollte es auch anders sein – PEKiP in Betracht. Was zum Teufel ist PEKiP? Meine Recherchen ergeben, dass sich hinter der Abkürzung das Prager-Eltern-Kind-Programm verbirgt, ein durch einen Prager Psychologen entwickeltes Konzept zur Frühförderung von splitternackten Babys im ersten Lebensjahr. Nach einer von mir durchgeführten, nicht repräsentativen Befragung eines gebürtigen Pragers ist PEKiP dort nicht bekannt, wohl auch nicht im Rest der Welt, und offenbar erfreut es sich nur in Deutschland großer Beliebtheit.

Wie die Sinnesförderung à la Freikörperkultur aussieht, kann mir keiner sagen. Doch eines scheint gewiss: Wer die Verantwortungslosigkeit besitzt, seinem Kind nicht diese Förderung angedeihen zu lassen, nimmt Entwicklungsverzögerungen, vielleicht sogar erhebliche, in Kauf.

»Anne, da müssen wir hin!«

»Schmarrn. Ich kann auch zu Hause meinem nackten Sohn beim Pieseln zusehen! Albert Einstein war bestimmt nicht im PEKiP. Und aus dem ist auch was geworden.«

Anne muss selbst wissen, was sie Jonas Gutes tut oder nicht. Ich für meinen Teil muss, M U S S, meine Tochter anmelden, koste es, was es wolle. Aber: keine Chance. Jeder Kurs in einem Radius von fünf Kilometern ist bis auf Weiteres ausgebucht!

Wenigstens bei Baby-Yoga ergattern wir einen Platz. In meiner Vorstellung werden die Babys in extra für sie ausgetüftelte Yogastellungen gebracht, sodass sich ihre Chakren, sprich Energiezentren, öffnen. Das ist natürlich Quatsch. In Wirklichkeit machen die Mamas so etwas wie Yoga, und die Babys sind mit von der Partie. Den Kurs leitet Ingrid, um die fünfzig, zweifache Mutter, extrem biegsam und mit abstehenden Wuschelhaaren in Knallrot. Sie erinnert an Pumuckl, Meister Eders Kobold.

Wir Mütter auf bunten Yogamatten, unsere Babys neben uns, schauen Ingrid erwartungsvoll an.

»Bevor ihr euch vorstellt, erkläre ich, worum es mir hier geht.« Sie lächelt in die kleine Runde. Der Raum bietet Platz für fünf Mütter, aber nur vier sind anwesend.

Unter Aufgebot meiner ganzen Überredungskraft hatte ich Anne dazu gebracht, sich auch anzumelden. Doch schon in der ersten Stunde, wie auch in den folgenden, bleibt ihre Matte leer.

> Tut mir leid, liebe Kim, du musst da alleine durch. Ich bin mal wieder wie gerädert. LG Anne.

Nach Darstellung von Pumuckl Ingrid geht es thematisch beim Baby-Yoga darum, wie wir als Mütter in unserer Rolle wahrgenommen werden.

Wie werde ich von anderen wahrgenommen? Als Störfaktor, schießt es mir durch den Kopf. Dabei denke ich an unfreundliche Bedienungen in Cafés oder Jogger auf den Laufwegen des Friedhofs.

»Und jetzt seid ihr dran. Würdest du dich und dein Kind kurz vorstellen und sagen, wie es dir heute geht und was du dir von der Stunde erwartest?« Ingrid wendet sich an die Frau zu ihrer Linken.

»Hallo, ich bin Katrin, komme aus Hamburg und bin seit einem Jahr in München. Das ist Finn«, sie deutet auf ihren durch den Raum robbenden Sohn, »er ist zehn Monate alt. Für den Kurs habe ich mich vor allem angemeldet, um andere Mütter kennenzulernen. Von der Stunde heute wünsche ich mir Entspannung.«

So geht es reihum. Nach jeweils beendeter Vorstellung nickt Ingrid freundlich, und die nächste darf ihr Herz ausschütten und Dinge aus dem Baby-Alltag berichten, für die kaum jemand außerhalb des Mütterkosmos Interesse oder Verständnis zeigt.

»Dann fangen wir mal an. Bleibt sitzen und schüttelt eure Beine.« Anschließend kneten und walken wir unsere Wadenmuskeln. Finn bewegt sich zielsicher auf meine sechsmonatige Lil zu und lutscht an ihrem Daumen. Das mag sie nicht. Da sie noch keine Fortbewegungsfähigkeit besitzt, weiß sie sich nicht anders zu helfen und weint. Der Kleine lässt daraufhin von ihrem Daumen ab und robbt fort, doch Lils Schreck wirkt nach. Gerade als wir uns in der Baumstellung üben, verfällt die Angelutschte in heftiges Geschrei und ich gehe mit ihr zur Beruhigung vor die Tür.

An der Wand hängt ein Cartoon. *Oh Gott! Ich hab mein Kind im Bus vergessen!*, brüllt eine Frau hysterisch, auf ihre heraushängende Brust angesprochen. Das könnte mir auch passieren. Mir fällt schon gar nicht mehr auf, dass eine offen zur Schau getragene Oberweite ungewöhnlich sein könnte. Als Lil nach zwanzig Minuten aufhört zu zetern, ist die Stunde bereits zu Ende.

♫ *Tra-la-la-la-la-la-la-lah-la.*
Tra-la-la-la-la-la-lah-la. ♫

Sechs erwachsene Frauen sitzen im Kreis, trällern und quaken im Chor wie fröhliche Frösche.

Was machen wir hier eigentlich? Ja, klar, wir singen, wobei das nicht selbstverständlich ist. Lange Zeit haben wir in der wöchentlichen Krabbelgruppe nicht gesungen. Begründung der Gruppenleiterin Sylvie: Das stört die Babys. Angeleitet gespielt wird auch nicht. Begründung: Das stört die Babys auch.

Aber was machen wir außer singen? Einfach nur sein?

»Zu unserem Konzept gehört, dass ihr nicht pünktlich sein müsst und eure Babys trinken können, wenn sie Durst haben«, erklärt Sylvie einem Neuankömmling in der Gruppe. Sie ist, glaube ich, die dritte Frau, die zum Müttertreff stößt, weil mal wieder eine aufgehört hat. Sylvies Satz höre ich nun schon zum vierten Mal.

Das bloße Sein in der Gruppe scheint manchen nicht zu genügen, denn viele bleiben nicht lange, da sie das Konzept *Nichtstun* nicht überzeugt.

Sylvie, um die sechzig, geschieden, Mutter eines erwachsenen Sohnes, ehemals Mitglied der Frauenbewegung, ist hierüber sichtlich traurig. »Wir haben echte Probleme, Teilnehmerinnen für unsere Gruppen zu finden. Den meisten Müttern fehlt der *Input* von außen und sie gehen lieber zum PEKiP«, fährt sie fort.

Sylvie tut mir leid.

»Der Sinn dieser Stunde ist, …«

Ich spitze meine Ohren. Das ist auch für mich neu.

»… die Babys nicht mit Anregungen zu überfrachten. Bei uns gibt es deshalb keine angeleiteten Spiele und Berge an Spielsachen. Die Kleinen sind in unserer Mitte, ihr Mütter sitzt im Kreis um sie herum, und ihr beobachtet in geschützter Umgebung, wie eure Kinder auf die anderen Personen im Raum sowie die Handvoll einfacher Spielsachen reagieren. Dies genügt als Anregung in dem Alter vollkommen!«, so Sylvie.

Damit scheint sie recht zu haben, denn die Knirpse wirken sehr zufrieden. Knirpse im Alter von fünf bis acht Monaten strampeln oder sitzen und freuen sich an der Gesellschaft der anderen oder spielen ein wenig mit den vorhandenen Beißringen, Stoffbällen oder Rasseln.

»Sind sie älter, sollt ihr als Mütter eure und die Reaktion eures Kindes kennenlernen, etwa bei einem Streit um ein Spielzeug, bei dem die Kleinen sich im schlimmsten Fall gegenseitig die Köpfe einschlagen oder Wutanfälle bekommen, und ihr könnt lernen, mit dieser Situation umzugehen.«

Hätte sie dies gleich in der ersten Stunde herausgestellt, hätte es manch Mutter im Babyförderwahn vielleicht nicht bei ihrer Stippvisite belassen und wäre geblieben. Ich schäme mich ein wenig, weil auch ich mehrfach der Versuchung ausgesetzt war, nicht mehr zu kommen.

Neben mir sitzt ausnahmsweise ein Vater. Um ehrlich zu sein: Wohl fühle ich mich dabei nicht. Mit einem Mann Stillprobleme zu besprechen, ist befremdlich, Gleichberechtigung hin oder her.

Meinem Eindruck nach wäre der Betroffene lieber woanders. Es ist ihm einhundert Meter gegen den Wind anzusehen, dass die Kindsmutter ihn gegen seinen Willen in den Kurs geschleift hat. Immerhin versucht er nicht, sein Unwohlsein durch extremes Engagement auszugleichen.

»Und du bist die Mutter von Lil?« Der heutige Krabbelgruppen-Neuling schiebt den Buggy mit Tochter Lena neben mir her. Sie wohnt in unserer Nähe, weshalb wir ein Stück des Heimwegs gemeinsam gehen.

»Genau. Ich heiße Kim. Und du?«

»Anette.«

Wir laufen eine Zeit lang schweigend nebeneinander her.

»Die anderen Frauen sind ganz schön alt«, stellt Anette betrübt fest. Sie haben in etwa mein Alter. »Du bist auch jünger? Oder?«, fährt sie hoffnungsvoll fort.

»Wie man's nimmt. 44«, antworte ich, obwohl ich von der Zahl noch neun Jahre entfernt bin.

Ihre Mundwinkel sinken Richtung Kinn. Ganz offensichtlich denkt sie: *Gott, bist du alt.*

Das sieht man dir aber nicht an!, wäre mir lieber gewesen. Gelegentlich flunkere ich mich älter, um genau die Reaktion zu bekommen. Das ist gut fürs Ego.

Sobald jemand sagt: *Dich hätte ich deutlich älter*

geschätzt!, höre ich damit auf. »Wie alt bist du denn?«, frage ich.

»28.«

Jetzt bin ich erstaunt. So jung und schon Mutter? Mit 28 war ich nicht einmal mit der Ausbildung fertig und hatte alles andere als eine eigene Familie im Kopf, wollte endlich auf eigenen Füßen stehen, Berufserfahrung sammeln.

»Ich hatte gehofft, in den Kursen auch Mütter meines Alters zu treffen.« Anette ist sichtlich traurig.

Ich versuche, sie ein wenig aufzuheitern, und verrate mein wahres Alter. Sie ist nicht weniger enttäuscht. Schweigend gehen wir weiter.

Mir ist auch aufgefallen, dass man die meisten Frauen, die ich in meinen Kursen kennenlerne, einer Kategorie zuordnen kann: Sie sind Mitte bis Ende dreißig, verheiratet, haben ein Kind, in der Regel studiert und einige Jahre gearbeitet. Das kann doch nicht die Durchschnittsmutter in der Gesellschaft sein?! Wo aber sind die alleinerziehenden, jungen, geschiedenen, unverheirateten, Nicht-Akademiker- oder Mehrfach-Mütter? Vielleicht werden Mitglieder der genannten Kategorie mangels anderer Sorgen besonders gern vom Kursfieber gepackt?

Einn halbn Stundn später.

Sie haben zwei neue Nachrichten. Mein Anrufbeantworter blinkt und ich drücke den Abhörknopf.

Nachricht 1. Eine schrille Stimme. Die gehört Anne. Sie lässt sich als Vierzigjährige und nicht Verheiratete nicht in die eben genannte Kategorie der

Kursteilnehmerinnen einordnen, außerdem hat sie eine richtige Kursverweigerungshaltung ausgeprägt. »So ein esoterischer Quatsch ist nichts für mich!«, lautet ihr Pauschal-Urteil zu Mutter-Kind-Treffen aller Art.

»... Lina, die ... Krankenhaus kenne, ... Dienstag-vormittag ... private Krabbelgruppe ...« Mehr ist angesichts des Gekreisches nicht zu verstehen. Zwei Möglichkeiten:

Erstens: Anne sucht im Auftrag von Lina, Zimmergenossin nach der Ent-bindung, weitere Mütter für die Krabbelgruppe (unwahrscheinlich).
Zweitens: Anne will sich aufregen (wahrscheinlich).

Das Abhören der weiteren Nachricht bringt Klarheit. Die zweite Möglichkeit trifft wie erwartet zu. Eine noch schriller kreischende Anne hat mittlerweile im Internet recherchiert *und* ihren Kinderarzt konsultiert. Zweimal dasselbe Ergebnis.

»Ich sage es dir Kim: Die Kinder haben im ersten Lebensjahr nichts, aber auch rein gar nichts von Kontakten untereinander, da sie sozial noch völlig aso-zial sind und Krabbelgruppen und Ähnliches nur was für gelangweilte und gefrustete Mütter sind, die nichts, aber auch rein gar nichts mit sich allein und ihrem Kind anzufangen wissen.« Ende der neuen Nachrichten.

Hat Anne recht? Lege ich diesen Kursmarathon nur mir zuliebe zurück? Ja und nein. Dass ich die Kurse besuche, hat neben meiner Einsamkeit und – zuge-geben auch Langeweile – einen weiteren Grund: Ich möchte nicht, dass Lil nach Jahren nur mit mir allein verschreckt ist, wenn sie sich erstmals in einer Gruppe mit anderen Kindern wiederfindet. Die Tochter meiner Nachsorge-Hebamme Mahasti saß an ihrem ersten Kindergartentag die ganze Zeit weinend im Buggy und wartete darauf, endlich abgeholt zu werden. Ich kann mich auch noch genau an den Kloß im Hals erinnern, als ich mit drei Jahren das erste Mal allein im Kindergarten gelassen wurde. Nicht ohne Grund habe ich Irmgard erfunden. So soll es bei meiner Tochter nicht sein.

Abgesehen von dem angelutschten Daumen beim Baby-Yoga habe ich den Eindruck, die Gesellschaft Gleichaltriger bereitet Lil nach und nach mehr Vergnügen, auch wenn sie vom gemeinsamen Spiel noch Lichtjahre entfernt ist. Beim bloßen Anblick der anderen Kleinen scheint sie sich zu freuen, als würde sie erkennen, dass es sich dabei um *Kollegen* handelt. Anfangs fühlt sie sich zwar in meiner Nähe am wohlsten, was nicht nur daran liegt, dass sie sich noch nicht allein fortbewegen kann. Sobald ich mich von ihr entferne, fängt sie an zu weinen. Mit wachsender Mobilität wird sie mutiger, robbt wie ein Seehund entdeckungsfreudig durch den Raum und lacht Anwesende vergnügt an.

Mit Kleckeßlätzchen gegen Flugspinat

Nach mehr als einem halben Jahr Stillen ist die Zeit reif für Brei. Die erste Mahlzeit ist ein großes Ereignis, das ich extra auf ein Wochenende gelegt habe, damit auch Markus teilhaben kann.

»Ganz toll machst du das, Mäuslein.« Seine eigene Stimme auf Band zu hören, ist schlimm. Schlimmer ist, sich selbst zu hören *und* zu sehen. Ich beschließe, mich zu ignorieren. Bei einem Gläschen Spinat ab dem 4. Monat und einer Tasse Tee gegen Bäuchleinweh sehe ich mir zum dritten Mal das Video *Lil isst* auf meinem Computer an. Natürlich allein. Erstens war Markus bei dem großen Ereignis anwesend, er hat gefilmt. Zweitens bin ich noch eingeschnappt, weil er vor zwei Monaten bei *Lil badet* den Raum verlassen hat, ohne das Ende abzuwarten.

Meine Hand führt einen Löffel zu Lils Mund. Schnabel auf, schlucken, Schnabel auf, schlucken. Selbst gekochte Süßkartoffel wird offenbar gern gegessen, denn bei jedem der vier Löffelchen sperrt Lil ihren Mund wie ein kleiner Vogel weit auf.

Motiviert durch diesen Anfangserfolg, koche ich auch am nächsten Tag. Diesmal normale Kartoffel. Fehlanzeige. Schnabel geht nur beim ersten Mal auf. Geschluckt wird nicht, stattdessen auf meinen Pullover gespuckt. Dann halt doch stillen. Auch am dritten Tag wird Mamas Gekochtes verschmäht. Da ich nicht noch mehr Misserfolge erzielen möchte, kaufe ich Babygläschen mit Gemüse. Falls sie das nicht mag, bin ich wenigstens nicht persönlich beleidigt. Und was passiert? Mein Kind findet Gläschenkost riesig. Kürbis, Karotte und Pastinake sind der Renner, wie ich nach und nach herausfinde.

Pastinake. Hatte ich ebenso wie PEKiP bisher noch nie gehört. Erst seitdem ich mich mit dem Thema Babynahrung auseinandersetze, weiß ich, dass dies ein Gemüse und kein Ungeziefer ist. Sie sieht ähnlich aus wie Rettich, nur schmutziger. Seit die Pastinake das erste Mal nach 35 Jahren in mein Leben getreten ist, höre und lese ich ständig von ihr. Man könnte fast den Eindruck gewinnen, die Pastinake sei das Gemüse der Zukunft. Das scheitert wahrscheinlich am blöden Namen. Und wie heißt du? Pastinaaake. Mit so einem Namen hat die Wurzel doch die Arschkarte gezogen. Das einzige, was mir bei Pastinake einfällt, ist Regen, Brettspiele, herabhängende Mundwinkel. Rrrrrucola. Das macht was her! Klingt feurig, nach Temperament.

Nach zwei Wochen der Fertignahrung wage ich einen erneuten Versuch, Lil frisch gekochtes Essen vorzusetzen. Trotz liebevoller Zubereitung der Nahrung ernte ich einen vorwurfsvollen Blick. *Bei Onkel Hipp schmeckt mir das aber besser!* Gleichzeitig streckt sie mir mit ekelverzerrtem Gesicht ihre Zunge mit dem Kartoffelbrei entgegen mit der deutlichen Aufforderung: *Nimm das weg! Flott!*

»Du hast gewonnen, Herzchen. Ab morgen gibt's wieder Hipp.«

Es bereitet mir Genugtuung, als Lil nicht jede fertige Babykost kritiklos isst. Schnell hat sie den Dreh heraus, wie sie wenig Schmackhaftes wieder loswerden kann und bevorzugt Spinat landet in hohem Bogen gerne auf dem Boden, auf meiner Hose oder in meinen Haaren. Um mich gegen den Flugspinat zu wappnen, gehe ich dazu über, mir bei Lils Mahlzeiten auch ein Kleckerlätzchen umzubinden.

»Bitte, mach den Mund wieder auf. Bitte, bitte, bitte.« Um Geduld bemüht, knie ich im Bad vor meiner Tochter und versuche, sie dazu zu bewegen, sich ihre vier Zähne putzen zu lassen. Gutes Zureden, Schnalzen, blöde Grimassen. Nützt alles nichts. Sobald ich mich mit der Mini-Zahnbürste nähere, kneift der Sturkopf verbissen den Mund zu und öffnet ihn erst wieder, wenn die böse Bürste weit genug weg ist. Was soll ich da bitte machen? Die Lippen putzen? Zwangsgeld androhen?

Ich versuche, ein gutes Vorbild zu sein und bürste, beste Laune vorgaukelnd, über meine Zähne.

Ein erster Erfolg zeigt sich nach einigen Tagen: Ich schaffe es, einmal im Schnelldurchlauf über die beiden oberen Schneidezähne zu bürsten, bevor sich der Mund wieder schließt. Juhu! Ich Pädagogikgenie! Aber Fehlanzeige. Weitere Versuche meiner Strategie schlagen fehl. Lil kneift verbissen den Mund zu. Liebe Lil, du brauchst aber nicht glauben, dass es für deine Mundhygiene genügt, wenn ich mir die Zähne putze, nachdem du gegessen hast.

Zehn Mängel

26,55 Euro! Das ist der Betrag, den Sie als Kassenpatient Ihrer Krankenversicherung pro Quartal wert sind. Dieser Satz prangt in roten Lettern auf einem überdimensionalen Plakat im Wartezimmer des Orthopäden. Weiter wird um Verständnis gebeten, dass die Behandlung auch dementsprechend ausfällt. So drastisch wird es natürlich nicht ausgedrückt, sondern verklausuliert, dass besondere Leistungen aus privater Tasche zu zahlen sind.

Beinahe habe ich ein schlechtes Gewissen, als Kassenpatientin überhaupt hier zu sein. Ich nehme mir vor, künftig keine Schmerzen mehr zu haben, jedenfalls nicht in diesem Quartal.

Würde ich nach acht Monaten als Muttertier hinsichtlich meines Erscheinungsbildes und meiner geistigen Verfassung eine Zwischenbilanz ziehen, ließe sich der Inhalt überwiegend in einer Mängelliste zusammenfassen. Bedingt durch Schwangerschaft/Geburt/Stillen/ sonstige 24/7-Kindesbetreuung weise ich – glücklich, aber versehrt – folgende Mängel auf:

1. Kaiserschnittnarbe: Länge 15 cm. Tendenz: schrumpfend.
2. Um circa zehn Grad verschobene Bauchachse: eine. Seit der Schwangerschaft verläuft die Achse meines Bauches nicht mehr senkrecht

nach unten, sondern schräg von rechts oben nach links unten.

3. Abgewetzte Zähne: acht Stück. Grund: nächtliches Knirschen.

4. Rückenschmerzen und Sehnenscheidenentzündung: keine Mengenangaben möglich. Grund: Fast permanentes Tragen eines stetig schwerer werdenden Moppels.

5. Verkrampfte Muskeln im Nacken und am Rücken: unzählige. Grund: Völlig verdrehte Stillhaltung, um besagten Moppel verzückt bewundern zu können.

6. Eklatanter Haarausfall, trockene Haut: keine Mengenangaben möglich. Grund: Hormonumstellung. Konsequenz: Falten und schütteres Haar. Konsequenz-Konsequenz: Seit der Geburt werde ich von Bedienungen in Cafés nicht mehr geduzt, im Gegensatz zu Markus, der älter ist als ich.

7. Unkontrollierbare Gefühlsausbrüche: zahlreiche. Grund: Stillhormone. Kennzeichen: Lachanfälle (selten), Wutweinen (manchmal), sentimentales Geheule (bei jeder Gelegenheit).

8. Vergesslichkeit: keine Mengenangabe möglich. Grund: Diverse Hormone. Kennzeichen: Abgesehen von in der Schublade vergessenem Käse oder Schnullern in kochendem Wasser fällt mir beim Wickeln plötzlich ein, dass ich vor zwei Tagen einen Apfel essen wollte.

9. Generelle Hirnlosigkeit: keine Mengenangabe möglich. Grund: Stillhormone. Kennzeichen: Ich versuche, mit der TV-Fernbedienung zu telefonieren oder möchte gedankenverloren

anhand des Lautstärkereglers des Autoradios das Geschrei meiner Tochter abstellen.

10. Gesteigerte Gutgläubigkeit: keine Mengenangabe möglich. Grund: Stillhormone. Markus erzählt ernsten Blickes, junge Elche würden bis zum vollendeten neunten Lebensmonat – aber auch wirklich nur so lange! – Sölche genannt. Besonderes Kennzeichen sei eine leichte Grünfärbung des Fells. Gleiches gelte für das Fleisch, sodass zu Sölch-Gerichten gerne Kapern gereicht würden. Kuh – Kalb, Schaf – Lamm, Elch – Sölch. Klingt logisch. Voller Bewunderung ob seiner umfassenden Allgemeinbildung sehe ich meinen Angetrauten an. Breites Grinsen. Alles gelogen.

Einen Mangel habe ich bewusst nicht genannt, denn dieser ist mir ehrlich gesagt unangenehm. Nach Monaten des Stillens hat meine linke Brust fast das doppelte Volumen der rechten, was daran liegt, dass die Dicke in mütterlichem Eifer in einer Tour Milch produziert, während ich das Gefühl habe, die andere um jeden Tropfen bitten zu müssen. Von der anfänglichen beidseitig ausgeglichenen Vollbusigkeit ist leider keine Spur mehr. Links Körbchengröße C, rechts A. Dick und doof. Sieht total bescheuert aus.

Wegen der Mängel Nr. 4 und 5 (Verspannungen, schmerzendes Handgelenk) sitze ich also beim Orthopäden.

»Frau Weiß. Bitte in Behandlungsraum 2«, werde ich nach einer Stunde Wartezeit aufgerufen.

Auf dem Weg in Behandlungszimmer 2 komme ich

noch an vier weiteren Plakaten vorbei. Mal sehen, was ich für 26,55 Euro bekomme.

Ein griesgrämiges *Grüß Gott*, das klingt wie *Was wollen Sie denn hier?* Effekt: Fluchtgedanken. Ein genervtes *Daran müssen Sie sich halt gewöhnen*, als ich meine Leiden schildere. Welche Antwort hätte ich als Privatpatientin erhalten? Effekt: Schlechtes Gewissen, da ich auch zu Hause anfangen kann, mich daran zu gewöhnen. Immerhin renkt der Orthopäde professionell meinen Nacken ein. Effekt: erhöhte Mobilität. Drei Spritzen gegen die Verspannungen werden in die betroffenen Stellen gerammt. Effekt: Entspannung und Dankbarkeit.

Knet 2

»Achtung, jetzt wird's gleich frisch!« Ines' kalte Hände berühren meinen geplagten Rücken.

Da die Gewöhnung an den Schmerz sich als wenig probates Mittel erweist, gehe ich wie so oft in Eigeninitiative zu meiner Wunderheilerin zur Massage. Den Orthopäden hierfür um ein Rezept zu bitten, hatte ich mich nicht getraut.

Auf die Frage nach ihrem Befinden antwortet Ines erschöpft: »Ich sag's dir, Kim. Nie wieder! Nie wieder Kindergeburtstag. Wir haben zwar schon vorgestern gefeiert, aber ich bin immer noch fix und fertig.« Knet. Walk. Drück. Ihre Faust bohrt sich in meine Rückenmuskeln.

»Jedes Mal denke ich: Anstrengender kann es gar nicht werden. Und: Es wird mit jedem Jahr anstrengender. Einer kotzt immer und geheult wird sowieso.« Ihre Griffe werden fester.

»Vor zwei Jahren hat sich ein Siebenjähriger Schokolade reingestopft bis zum Geht-nicht-mehr. Als hätte er noch nie zuvor Süßigkeiten gesehen. Die Gummibärchen hat er sich in die Ohren gesteckt! Ein Albtraum. Kannst du dir das vorstellen?«

Ines war in vergangenen Jahren mit der Kindergeburtstagsgesellschaft beim Töpfern, Klettern, im Theater. Ihre Ideen scheinen unerschöpflich.

»Und was wollen die Kids jetzt? Party. Mit neun! Seit einer Woche bin ich stolze Besitzerin einer Diskokugel, mit Motor! Die leihe ich dir gerne.«

Wann bin ich zuletzt dem Zauber einer motorisierten Diskokugel verfallen? 1985? Als wir im Alter von zwölf inspiriert von Sophie Marceau in dem Teenagerfilm *La Boum* engumschlungen Schieber tanzten. ♪ *Dreams are my reality* ♪

»Und Kim. Merk dir eins!« Kurz stoppt die Bearbeitung meines Rückens. Meine Öhrchen spitzen sich gespannt.

»Biete anderen Eltern niemals, wirklich niemals, bei der Abholung etwas zu trinken und schon gar keinen Alkohol an! Und auf gar keinen Fall ins Wohnzimmer oder die Küche bitten. Einfach im Flur oder besser noch vor der Türe stehen lassen und hoffen, dass sie schnell wieder gehen. Sonst wirst du die nämlich nie wieder los!«

Hoffentlich kann ich mir das alles merken. Durch die Massage von sämtlichen Blockaden gelöst, verlasse ich die Praxis und bin froh, dass es bis zu Lils erstem Geburtstag noch gute drei Monate dauert.

Frühlings-erwachen

♫ *La la la la la la la la la ...* ♫ Heute würde ich mit Paolo Conte überall hingehen. Mir ist nach pink, orange und lila.

Mit Aufblühen der Natur im März erwachen auch in mir neue Lebensgeister. ♫ *It's wonderful, la la la la ...* ♫ In meinem Kopf klingt seit dem Tag des blauen Balkens eine wunderbare Melodie, die ich vor lauter Pflichterfüllung, in meiner Hektik und rastlosen Suche nach allem Möglichen manchmal gar nicht wahrgenommen habe.

Nachdem ich an die Küchenwand Farbe, an alle erdenklichen Plätze in der Wohnung Blumen und in die Luft Musik gezaubert habe, fühle ich mich nach Exotischem, Fremdsprachen und Reisen. Auch unser Speiseplan erfährt eine Auffrischung, denn ab sofort gibt es bei uns skandinavische, italienische oder vietnamesische Wochen, und ich koche mich nach und nach durch weitere Länder unserer Erde. ♫ *La la la la la la. Du du du du du.* ♫

In meiner Bestlaune kreiere ich tänzelnd täglich aufs Neue auch für den kleinsten Esser Speisevariationen: Kartoffel- und Fenchelscheiben an Sauerrahm-Biolachs, Spinatreis mit Seidentofu oder Kartoffelraspel auf Kichererbsenmus an Lamm. Brav vertilgt der Wonneproppen all meine Gerichte und ich freue mich, was für ein kulinarisch flexibles Kind vor neun Monaten zu uns gekommen ist.

Nachdem ich mich in meiner Kreativität zu Hause ausgetobt habe, möchte ich vor allem eines: meinen Mikrokosmos verlassen! Passend wäre auch der Begriff *Wattewelt*. Bewohner der Wattewelt sind überglückliche Mamis samt Dreikäsehoch, die tagaus tagein Kurse, Cafés oder Spielplätze bevölkern. Stillen, Wickeln, Zahnen, Krabbeln. Andere Gesprächsthemen gibt es nicht. Abgesehen von der mal mehr mal weniger bestehenden Konkurrenz untereinander und gelegentlicher Stutenbissigkeit will keine der anderen etwas Böses.

Und dennoch. Das Leben in der Wattewelt ist ja gut und schön, aber auf Dauer etwas einseitig. Auch verursachen die ungestüm herumschwirrenden mütterlichen Hormone nach meinem intensiven Genuss eine Art Heuschnupfen, und ich sehne mich nach anderem, Neuem oder lang Vermisstem.

Als Erstes kaufe ich drei bunt leuchtende Kleider und gehe anschließend in neuem Fummel zum Friseur. Zum Glück muss ich nicht auf Madame Volumen zurückgreifen, denn ein paar Straßen von unserer Wohnung entfernt ist ein vertrauenerweckender Friseurladen. Beim Blick durchs Schaufenster entdecke ich nur junge Hairstylistinnen, eine Riesenrundbürste kann ich nicht finden, stattdessen viele schöne Glätteisen. Dies ist der Ort meines Vertrauens, und ein Termin ist auch sofort zu haben. Lil wird in der Zwischenzeit von meiner Mutter spazieren gefahren.

Der Friseurbesuch ist nicht nur wegen der neuen Haarpracht ein Genuss. Monate, ach was rede ich, über ein Jahr habe ich freiwillig in einem Vakuum verbracht, thematisch abgeschirmt vom Weltgeschehen, nicht bereit, den Blick über den Tellerrand zu wagen, aus Angst, eine Rabenmutter zu sein, wenn ich mich nicht zu einhundert Prozent ausschließlich und nur meiner Aufgabe als Muttertier widme.

Wie ich feststellen durfte, erleidet mein Kind keinen Schaden, wenn es ein paar Stunden von mir getrennt ist. Dank dieser kleinen Freiheit kann ich mit Plastikfolie auf dem Kopf in einem Stapel *Gala* und *Bunte* verpassten Klatsch und Tratsch nachholen.

Nach zwei Stunden verlasse ich frisch geschnitten, geglättet und guter Dinge den Friseursalon. Auf dem Heimweg komme ich an einer Hofeinfahrtstür vorbei, die nach wie vor keinen Bezug zu Eiern aufweist. Der Zettel *Wegen Krankheit Eierverkauf erst wieder März* ist mittlerweile weg. Ob und wie Eier und Interessenten auch ohne Zettel zueinander finden, ist mir inzwischen jedoch so was von egal. Ich habe Besseres zu tun, als mir über so einen Quatsch den Kopf zu zerbrechen.

Eini Wochi später.

»Schließt mit dem kleinen Finger der linken Hand euer rechtes Nasenloch, atmet durch das linke Nasenloch ein, anschließend nehmt ihr den Daumen der linken Hand und schließt euer linkes Nasenloch und atmet durch das rechte aus.«

Kann man das auch einfacher formulieren? Ich bemühe mich, Claudias Anweisung nachzuvollziehen, ohne einen Knoten im Hirn oder in der Hand zu bekommen.

In den letzten eineinhalb Jahren war ich vieles, die Schwangere, die frisch gebackene Mutter, die Überforderte, die Empfindliche, Versorgungsquelle, Lil-Mama. Nur eines war ich nicht: ich selbst. Ich bin nach wie vor die Mutter von Lil, aber nicht bloß ein Anhängsel, sondern ein eigenständiges Wesen. Das eigenständige Wesen namens Kim geht zum Yoga.

Wie Madonna fühle ich mich, nur jünger. Den kurz aufflammenden Gedanken, angesichts meines defizitären körperlichen Zustands Yoga 50+ zu besuchen, verwerfe ich. Da kann ich in zwanzig Jahren auch noch hingehen.

Als ich den Kursraum betrete, beschleicht mich Irritation. Wo sind die dicken Bäuche und die Babys? Anstatt der gewohnten (werdenden) Mütter tummeln sich etwa dreißig Teilnehmerinnen, gerade dem Teenager-Alter entsprungen, von denen keine wie eine Mutter aussieht, so dürr wie alle sind. Eine Platinblonde meine ich als diejenige wiederzuerkennen, die mir tags zuvor im Coffee-Shop die Tür vor der Nase zugeschlagen und als Reaktion auf mein *Danke* nur einen arroganten Blick übrig hatte. Zwischen dem jungen Spargelgemüse fühle ich mich alt, fett und fehl am Platz. War es eine Fehlentscheidung, meinen gewohnten Muttermikrokosmos verlassen zu haben? Nein! Negative Gedanken schiebe ich sofort beiseite, bin ich doch unter anderem hier, um meinem wiedergefundenen Ich etwas Gutes zu tun.

Bei der Menge an Yogawilligen falle ich zumindest nicht auf, sollte ich mich bei den Übungen dämlich anstellen und bei der Frisur kann ich auch mithalten, haben wir doch alle schön geglättete Haare.

Ja, wen sehe ich denn da? Die Irmgard. »Was machst

du denn hier? Ich hab dich doch gar nicht gerufen«, platzt es aus mir heraus. Erst jetzt fällt mir auf, dass ich seit Wochen – oder sind es schon Monate? – nichts von Irmgard gehört habe.

»Nein, Kindchen, du hast mich nicht gerufen. Das war auch nicht nötig, ich habe dich aus der Ferne beobachtet. Und außerdem: Das ist hier ein freies Land und jeder kann tun und lassen, was er will. Es ist reiner Zufall, dass wir uns treffen. Shanti-Yoga und ich schwingen in, sagen wir mal, perfekter Synergie.« Irmgard ist wirklich die Ruhe selbst und wirkt tiefenentspannt.

In krassem Widerspruch dazu zeigt sich ihr Äußeres. Wer läuft denn heute noch so herum? Seit drei Jahrzehnten niemand mehr. Jane Fonda zu ihren besten Aerobic-Zeiten: Stirnband, eng anliegender Stretchbody mit extrem hohem Beinausschnitt, Leggings, Wollstulpen, alles in Neonfarben, passend dazu – wie immer – Nägel und Lippen diesmal in leuchtendem Pink. Zum Glück kann sie außer mir niemand sehen, denn sonst würde sie die Energieströme der anderen erheblich aufwirbeln.

Yoga-Lehrerin Claudia ähnelt Sonja Kirchberger, ihr durchtrainierter Körper hat allerdings wenig Ähnlichkeit mit einer Venus. Bei jeder Bewegung treten andere Muskelpartien hervor, bei denen ich nicht sicher bin, ob diese in meinem Körper existieren.

Wir starten im Stehen mit Atemübungen, die mich bei korrekter Durchführung schwindeln lassen. Auch die Berghaltung hat es in sich. Was wie ein Klacks aussieht, entpuppt sich als Höchstleistung. Ich hätte nie gedacht, wie anstrengend bloßes Stehen sein kann, und nach wenigen Minuten steht mir der Schweiß auf der Stirn.

Neon-Irmgard geht es nicht anders.

Schon jetzt ahne ich, dass mir am nächsten Tag jeder einzelne Muskel wehtun wird. Um mir zwischen all den jungen Hasen keine Blöße zu geben, halte ich mit zusammengebissenen Zähnen durch und bringe meinen Körper entsprechend seinen Möglichkeiten in alle verlangten Positionen.

Endlich, endlich bittet uns Frau Kirchberger zur Abschlussentspannung. Wir dürfen uns auf den Rücken legen. Dies scheint nicht nur mir untrainierter Mutti so zu gehen, auch die Platinblonde ist trotz ihres jugendlichen Alters und fettfreien Körpers sichtlich angestrengt, was sie mir fast sympathisch macht. In meiner in mir ruhenden Grundhaltung versuche ich, ihr positive Energien zu senden.

Doch noch PEKiP

Drei Wochen später.

Immer wenn ich es eilig habe, klingelt das Telefon. Meine Mutter. »Hast du Zeit für einen Kaffee, ich bin bei euch in der Nähe.«

»Sonst immer gern, doch ich bin gerade auf dem Sprung.«

»Wohin gehst du denn?«

»Zum PEKiP.«

»Zum was?«

»PEKiP«, antworte ich knapp, denn der Kurs geht in einer Viertelstunde los und ich habe keine Zeit für lange Erklärungen. »Das ist die Abkürzung für Prager-Eltern-Kind-Programm und ist ein Konzept zur Frühförderung von Babys im ersten Lebensjahr«, erläutere ich noch schnell, schließlich kann meine Mutter nichts dafür, wenn ich die Einhaltung meiner Termine nicht gebacken bekomme.

»Aha.« Es hört sich nicht an, als könnte sie damit etwas anfangen. »Was es heute alles gibt! Nachsorgehebammen, Babyschwimmen, Kinderkrippen. So was gab es zu unserer Zeit nicht. Außer zum Einkaufen oder Spazieren gehen bin ich mit dir nicht raus. Meistens waren wir zu Hause. Ich habe sogar die Unterwäsche gebügelt, weil mir gelegentlich langweilig war. Und was macht ihr da beim PEKiP?«

»Das erzähle ich dir, wenn ich dort war.«

Ich wische die kleine Lache unter der nackten Lil weg, wasche den Lappen aus und lege ihn wieder über den Eimer. Zum dritten Mal in der Stunde, jetzt müsste es dann mal reichen.

Gerade als ich mich entschlossen habe, PEKiP ist was für andere, bekommen wir nach monatelanger Wartezeit doch noch einen Platz. Soll ich meinem ursprünglichen Vorhaben entsprechend absagen? Nein. Meine Neugier und das Bedürfnis, mitreden zu können, überwiegen.

In zehn Kurseinheiten sollen also nun die Sinne meiner splitternackten Tochter gefördert werden, gerade noch rechtzeitig, denn ab dem ersten Geburtstag ist es mit PEKiP vorbei und in zwei Monaten ist dieser Stichtag.

Nachdem wir die Babys komplett, also auch die Windeln, zur besseren Entfaltungsmöglichkeit ausgezogen haben, sagt Gruppenleiterin Angela eingangs einen Satz – »Man kann Pingpongbälle durch ein Papprohr rollen lassen« – und schweigt die restlichen eineinhalb Stunden, stiert dabei regungslos vor sich hin. Schläft sie? Mit offenen Augen? Wie ein Hase. Vor vier Wochen wurde ihr zweites Kind geboren.

Die erste Stunde gestaltet sich dementsprechend auch für uns Kursteilnehmer ruhig. Wir wollen Angela nicht wecken, wer weiß wie viele Stunden sie nachts von ihrem Säugling wach gehalten wurde. Den Tipp mit den Pingpongbällen hat der überwiegende Teil der Babys nicht verstanden. Die meisten stecken die weißen runden Dinger in die mütterliche Handtasche, in den eigenen oder einen fremden Mund, aber nicht in das Papprohr.

Nur der kleine Yannick, der den dritten Block

der PEKiP-Dauerveranstaltung besucht, schafft es, nach circa zwanzigmaligem Vormachen seiner zur Motivation grinsenden Mutter, den Ball einmal in die Röhre zu legen, was dieser einen gedämpften Jauchzer entlockt.

Die anderen Zwerge erfreuen sich ihrer Nacktheit. Mal pieseln sie, mal pieseln sie nicht. Die Mütter sitzen, jede mit Lappen respektive Mullwindel bewaffnet, in Habachtstellung, um im Ernstfall sofort einschreiten zu können.

Am Ende der Stunde erwacht Angela aus ihrem Trancezustand und singt ein Stundenabschlusslied, ein Schlaflied. Es ist ein Uhr mittags.

Eini Wochi später.

In der folgenden Stunde zeigt sich keine Spur mehr von Angelas Anfangsmüdigkeit. Sie strotzt vor Motivation und hat sich viel einfallen lassen. Kunstrasen mit Blumen an Bändern, die in die eine oder die andere Richtung gezogen werden können, Kartons mit Löchern, in die Bällchen rein und auch wieder raus getan werden können, ein Kasten mit kleinen Plastikflaschen wahlweise mit oder ohne Wasser, befüllt mit bunten Perlen, Federn und Spielmais. Die Babys finden's klasse, die Mamis auch, beschränkt sich unsere Tätigkeit, vom Pipi-Aufwischen mal abgesehen, darauf, das Geschehen zu beobachten.

Nachdem mein kleines Exemplar auf dem Bauch liegend entdeckt hat, dass Perlen in Plastikflaschen beim Schütteln ein Geräusch erzeugen, kreuzt es geschickt die Beine über dem Po, klappt sie ein und kann sich nun mit den Händen in Sitzposition bringen. Meine Tochter hat sich just in diesem Moment, an diesem Tag, in dieser PEKiP-Stunde das erste Mal alleine aufgesetzt! Das darf doch nicht wahr sein!! Ein Fördererfolg!!!

Würde ich scharf nachdenken, käme ich vielleicht zu dem Schluss, dass der Boden in dem Kursraum weniger rutschig ist als unser Parkett und die nackte Haut auf dem abwaschbaren Gummi einfach besser haftet als ein Nicki-Strampelanzug auf Holz.

»Ja hallo! Wie geht es Ihnen denn?« Küsschen links, Küsschen rechts. Wie beim letzten Zufallstreffen auch begrüßt mich die Nachrichtensprecherin, in Begleitung ihrer vier Monate alten Tochter, mit der gleichen (Berufs-)Freundlichkeit. Nach wie vor weiß ich ihren Namen nicht, doch die Frage *Wie heißen Sie eigentlich?* verkneife ich mir auch jetzt.

Diesmal löchert sie mich nicht im Sekundentakt mit allerlei Fragen, hierzu scheint sie zu schwach zu sein, wenn ich mir ihr müdes Gesicht mit tiefen Augenringen ansehe. Das Einzige, was sie wissen möchte, ist, ob ich ihr einen Kurs zur Förderung ihrer Tochter empfehlen könne. »Zu Hause fällt mir langsam die Decke auf den Kopf.«

Dank Lils kleinem Erfolg – selbst aufsetzen – bin ich in guter Stimmung, dumm daher zu schwätzen, und rede ihr ein, wie *unglaublich wichtig* PEKiP für die frühkindliche Entwicklung ist. Nach unserem kurzen Gespräch stapfe ich bestens gelaunt mit einer Banane in der Hand nach Hause, werfe unterwegs einen frankierten Briefumschlag in den Mülleimer und die Obstschale in den Briefkasten und freue mich über den schönen Tag.

Geburtstags-sause

Uff. Endlich sind alle weg. Geschafft liege ich auf dem Sofa und genieße die Ruhe. Die kleine Jubilarin schläft. Und zum Glück hat sich keines der Kinder verletzt.

Ein Jahr! So alt ist mein Mädchen heute geworden. So groß und doch so klein. In ihrem ersten Lebensjahr ist die kleine Dame gute zwanzig Zentimeter gewachsen und hat fünf Kilo zugenommen. Hätte ich mich entsprechend verändert, wäre ich 2,25 Meter groß und wöge 156 kg.

Morgens setzte ich dem Geburtstagskind für ein erstes Foto an ihrem Jubeltag ganz à la Eislaufmutti ein Krönchen auf. Ich fand das super. Sie fand das super doof. Zunächst versuchte sie, im wackligen, da noch ungewohnten Stand das lästige Etwas loszuwerden. Als sie so nicht weiterkam, setzte sie sich hin. Nach ein paar Minuten hatte ich Erbarmen und erlöste sie.

Ein besonderer Tag. Doch gern wäre ich in der einen oder anderen Minute zur Schonung meiner Nerven ohnmächtig gewesen.

Viele Gäste habe ich zur ersten Geburtstagssause eingeladen. Neben Anne/Jonas und Saskia/Lina sechs weitere Mütter/Babys, die ich aus meinen diversen Kursen kenne.

Wenn die Hälfte kommt, ist es immer noch genug, dachte ich. Nach dem Nachmittag bedauere ich ein wenig, mich nicht schon jetzt an die Regel gehalten zu haben, die Anzahl der Gäste an der Zahl des Geburtstags des Kindes zu orientieren. Beim ersten Geburtstag erschien mir das Ausfallrisiko zu groß.

Zum Glück sagten nicht alle zu, doch siebzehn Personen, acht davon Babys plus Geschwisterkind Finn, machen eine Menge Schmutz und vor allem eins: Lärm.

Ines' Rat, die Eltern auf keinen Fall in die Wohnung zu bitten, kann ich natürlich nicht befolgen, schließlich habe ich die Mütter selbst eingeladen und wäre auch mit der Kinderbändigung überfordert gewesen.

Es genügt schon, wenn ich meiner Tochter hinterher renne und pausenlos »Nein!« rufe. Seit Lil sich allein fortbewegen kann, ist das mein Lieblingswort. »Nein, steig nicht in die Spülmaschine. Nein. Klettere nicht auf das Regal. Nein. Bau nicht das Telefon auseinander. Nein. Häng nicht die Füße in den Brei.« Nein. Nein. Nein. Der Erziehungseffekt ist gleich Null, denn egal wie oft, wie laut oder in welcher Tonlage ich nein sage, Lil findet es lustig.

Anne und den anderen Müttern geht es ähnlich. »Jonas, lass doch bitte die Spieluhren in Ruhe!«

Jonas scheint die CD mit den Geburtstagsliedern nicht zu gefallen, denn er startet eine akustische Gegenoffensive und zieht erst an der einen Spieluhr und zur Verstärkung an einer weiteren. Sobald eine zu verstummen droht, zieht er am Schnürchen. Wie in einer Zeitschleife laufen parallel *Alle Vöglein sind schon da* und eine Technoversion von *Guten Abend, gut' Nacht*.

Hätte ich Ines doch bitten sollen, mir die Discokugel auszuleihen?

Lil steht daneben, wiegt die kleinen Hüften von rechts nach links und klatscht im eigenen Rhythmus mit. Egal ob Klassik, Pop, südamerikanische Gitarrenlaute oder der Klang einer elektrischen Brotschneidemaschine beim Bäcker. Hauptsache Sound! Zwar könnte ich die beiden Spieluhren wegnehmen und an einem schalldämpfenden Ort wie Wäschekorb oder Schrank verstauen, jedoch würde dies aller Wahrscheinlichkeit nach zu großem Geschrei bei Jonas führen. So kapituliere ich und schalte die Geburtstagslieder aus. Angesichts des Geräuschpegels, der von der Kindermeute ausgeht, hätten gleichzeitig noch fünf weitere CDs laufen können, ohne dass es aufgefallen wäre.

»Das sind aber tolle Tomatenkerzen!«, bewundert der vierjährige Finn die roten Kugelkerzen, die noch von Weihnachten übriggeblieben sind.

»Stell das sofort wieder hin!«, ruft seine Mutter Tanja hysterisch, woraufhin Finn den fünfarmigen Kerzenständer zurück an seinen Platz jongliert.

Obwohl ich dachte, Kinderschädliches wie Putzmittel, Altglas und Kabel bereits aus der Reichweite von Kindern gebracht zu haben, scheint unsere Wohnung eine einzige Gefahrenquelle zu sein. Auf den ersten Blick harmlose Gegenstände bergen unvermutete Risiken in sich.

Nach dem Vorfall habe ich den Leuchter mit den Tomatenkerzen gewogen und er hätte bei Derrick gut und gerne als Mordwaffe durchgehen können. Vier Kilo, inklusive Kerzen und Christbaumkugeln, die seit über fünf Monaten darauf warten, aufgeräumt zu werden.

Wenigstens hatte ich an Gummiaufsätze für Tisch- oder Regalecken, Plastikverkleidungen in Steckdosen und Kindersicherungen an Schubladen und Schranktüren gedacht. Bis auf die Steckdosensicherungen entpuppen sich meine Maßnahmen jedoch als wenig effizient, denn die Gummiecken werden binnen kürzester Zeit abgerissen und bei den an Schubladen und Schranktüren angebrachten Kindersicherungen hat die Rasselbande nach kürzester Zeit den Dreh raus, öffnet und schließt diese souverän, sodass ich mich frage, zu welchem Zweck ich die Dinger eigentlich angebracht habe.

Nach drei Stunden Fetenspaß sitze ich erschöpft auf dem Sofa. Meinen Erdbeerkuchen und die Blaubeermuffins empfindet Lil als Zumutung und spuckt alles mit angewidertem Blick gleich wieder aus, die anderen Kinder krümeln damit rum.

»Wie alt sind deine Augen? Wo wohnt die Straßenkehrmaschine? Was isst die Sonne? Welche Farbe hat dein Hirn?« Seit einer Viertelstunde löchert mich Finn.

Für die ersten Fragen überlege ich mir noch Antworten. »36. Im Depot des Münchner Verkehrsvereins, ???«

Mit jeder Antwort rutsche ich auf dem Sofa weiter nach unten.

»Was trinken Babys?«

»Muttermilch.«

»Nein, Buttermilch.« Was für ein Klugscheißer. Jetzt reißt mir der Geduldsfaden, und insgeheim schwöre ich, nie wieder Geschwisterkinder mit einzuladen, jedenfalls nicht, wenn sie älter sind als das Geburtstagskind. »Du hast doch nichts dagegen, dass der Finn auch kommt?! Seit der vier ist, kann er sich total gut alleine beschäftigen.« Und sei der Unterton auch noch so imperativ. *Doch! Hab ich! Und wie!*, wäre die einzig richtige Antwort gewesen, auch auf die Gefahr hin, dass mir Finns Mutter Tanja auf ewig beleidigt sein wird.

»Würdest du bitte die Wohnungstür von außen zumachen?«, bitte ich den Kleinen lächelnd.

»Was?« Mit gekräuselter Nase sieht der Knirps mich an.

»Würdest du bitte die Wohnungstür von außen zumachen?«, wiederhole ich schon nicht mehr ganz so freundlich.

»Was?«

»Hau ab.« Die Sprache versteht er.

»Ich will zu meinem Vater!«

»Was ist denn?« Tanja steckt den Kopf zur Tür herein.

»Mama! Die Frau hat gesagt, ich soll abhauen.« Finn schmeißt sich heulend in die Arme seiner Mutter.

»Was redest du denn? Sowas würde die Kim doch nie sagen.«

Triumphierend sehe ich ihn an, woraufhin er zum Abschied die Zunge rausstreckt. Würde ich auch gern, verkneife es mir aber. Endlich weg.

Almenzauber

Zwei Monate später.

Bevor für unsere Einjährige der erste Ernst des Lebens in der Kinderkrippe losgeht und ich ins Arbeitsleben zurückkehre, fahren wir in Urlaub. Mir steht der Sinn zwar nach wie vor nach fernen Ländern, doch ich muss zugeben: Ich bin ein Reiseweichei. Mit dem Flugzeug auf die Kanaren, mit dem Wohnmobil durch die Provence oder mit der Transsibirischen Eisenbahn von Moskau nach Wladiwostok? Niemals! Zu weit, zu umständlich, zu exotisch.

An die Stelle von Abenteuersinn ist ein unglaubliches Heimatbedürfnis getreten und zu Hause fühle ich mich urplötzlich auch in den Gebirgsregionen Österreichs.

»Du? Urlaub in den Bergen? Dass ich nicht lache!«

»Ja ich! Urlaub in den Bergen. Dort ist es sehr schön!«, erkläre ich, obwohl ich der Meinung bin, mich gegenüber meiner Mutter nicht für unseren Urlaubsort rechtfertigen zu müssen.

»Dass es dort schön ist, brauchst du mir nicht zu sagen. Ich bin immer gerne gewandert«, entgegnet sie.

Ich weiß genau, worauf sie anspielt. Machten wir in meiner Jugend einen Ausflug in die Alpen, habe ich den ganzen Aufstieg über gemeckert, dass es nichts Öderes und Blöderes gibt, als einen Berg zu besteigen, nur um dann wieder runtergehen zu müssen.

Meine jugendliche Gebirgsaversion habe ich längst

abgelegt, und von einer Flugreise schreckt mich der Unsicherheitsfaktor, schreiende Vierzehnmonatige, ab. Deshalb fahren wir nach Kärnten nahe der italienischen Grenze, das wir mühelos mit dem Auto erreichen können.

Damit auch schon die Fahrt Urlaubszüge hat, meiden wir die Autobahn, nehmen stattdessen den zwar umständlichen, dafür aber gemütlichen Weg über die Landstraße durch malerische Dörfer und Täler, über Pässe und durch Tunnel.

Mmf da da, mmf da da. »Kim, was schätzt du? Wie lange müssen wir die Pauken und Trompeten noch aushalten?«

Seit fünfzig Kilometern hört es sich an, als säße auf unserer Rückbank eine Blaskapelle, doch beim Blick in den Rückspiegel zeigt sich nur ein enthusiastisch klatschender Blasmusikfan. Keiner der anderen Radiosender hat Zustimmung gefunden.

Ich schlage ebenfalls meine Hände im Takt zusammen und summe die Melodie mit, die stark an den bayerischen Defiliermarsch erinnert.

»Nicht du auch noch. Ich schalte das jetzt aus.« Großes Geschrei von hinten. Radio wieder an.

»Sei doch froh, dass die Lieder sie beruhigen. Wäre dir lieber, sie hätte die ganze Fahrt über geweint?«, versuche ich ihn zu trösten.

»Das macht die Musik auch nicht schöner.« Markus stiert auf die Serpentinen.

»Sie passt aber zur Landschaft.« Um uns herum Berge, Wiesen, Häuser mit Balkonen, von denen Geranien in allen Farben ranken. Heidi hätte sich hier sehr wohl gefühlt.

»Sonntag großes Dorffest mit den Kärntner

Herzbuben« lese ich einen Plakattext laut vor, der uns an einer Dorfeinfahrt begrüßt. »Da könnten wir doch hingehen!«

Markus' Blick zu urteilen, war das kein guter Vorschlag. Ich halte lieber meinen Mund und lausche, ohne zu klatschen, den Radioklängen.

Bevor wir unser Almenferiendorf erreichen, müssen wir etwa eine halbe Stunde lang eine äußerst kurvige Straße nehmen. Hochkonzentriert fixiere ich den Mittelstreifen der Straße, fühle mich aber dennoch an die Schwangerschaftsübelkeit erinnert, die ich schon so gut wie vergessen hatte.

»Wusstest du, dass Peter Alexanders Hit *Die kleine Kneipe* eigentlich aus der Feder von Vader Abraham stammt?« Vielleicht lenkt Konversation ab? »Das ist der mit dem Schlumpflied.«

»Ja klar.«

Kurzzeitig vergesse ich das flaue Gefühl im Magen und sehe Markus bewundernd an. »Echt? Das wusstest du?« Was mein Mann alles weiß. Per Zufall bin ich auf diese Information im Internet gestoßen.

»Natürlich nicht.« Markus legt sich grinsend schon wieder in die nächste Kurve, als befände er sich auf dem Nürburgring. Für ihn scheint die Strecke reiner Spaß zu sein.

Doch auch die schlimmste Fahrt nimmt irgendwann ein Ende, und nach einer gefühlten Ewigkeit kommen wir endlich oben an.

Wie in einem Märchendorf sieht es hier aus. Kämen die sieben Zwerge um die nächste Hütte gelaufen, würde ich mich nicht wundern. »Schaut mal, da wohnt Schneewittchen! Und dort drüben Rotkäppchen!« Meine Familie ist nicht halb so begeistert wie ich.

Kleine Bauernhäuschen beherbergen jeweils vier Appartements. Die Wohnungen im Erdgeschoß haben Terrassen ohne Zaun, und naturbedingt geht es auf einer Alm in den Bergen entweder bergauf oder bergab, nie ebenerdig. Gedanklich bin ich permanent damit beschäftigt, die bei ihren ersten Gehversuchen schwankende Lil vor Stürzen zu bewahren. Wir wohnen zu meiner Beruhigung im ersten Stock. Über die ganze Appartementseite zieht sich ein langer Balkon, durch dessen Gucklöcher unser neugieriges Kleinkind beim kleinsten Geräusch das Geschehen verfolgen kann.

»Kommst du bitte mal! Das musst du unbedingt lesen.« Markus steht neben der Tür unseres Berg-Appartements mit dunkelbraunen Holzmöbeln und grünem Kachelofen und deutet auf einen Zettel neben der Tür.

> *Bei Feuersbrunst: Geben Sie der Dienerschaft unverzüglich Warnung oder bedienen Sie sich des nächsten Feuerlärms. Wenn es sich irgendwie machen lässt, versuchen Sie, das Feuer zu löschen! Der Feuerwehr Aufmerksamkeit auf sich lenken – oder Rettungstau – falls vorhanden – zwecks Heruntergleiten verwenden, falls anderswie keine Rettung möglich ist.*

Wann wurde das zum letzten Mal überarbeitet? 1873?

»Hoffentlich bricht kein Feuer aus«, meint Markus, als er trotz intensiver Suche kein Rettungstau finden kann, wobei ich mir einbilde, in seiner Stimme einen leichten Anflug von Sorge zu hören.

Was, wenn sich das Feuer nicht löschen lässt? Wenn es nicht gelingt, der Feuerwehr Aufmerksamkeit auf sich zu lenken? In meinem Kopfkino läuft folgendes

Szenario: Die Dienerschaft selbst in den Flammen eingeschlossen, Flur und Treppen rauchgefüllt, kein Rettungstau vorhanden. Das potenzielle Brandopfer – nennen wir es Markus – reißt, die drohenden Flammen im Rücken, heldenhaft das Bettlaken in Stücke, knotet in Windeseile ein meterlanges Seil daraus, schmeißt es aus dem Fenster und lässt sich geschickt nach unten gleiten. Dort erwartet ihn bereits eine riesige Menschenmenge, die das Ganze mit angehaltenem Atem beobachtet hat und den unversehrten Helden erleichtert und Beifall klatschend begrüßt.

Beeindruckt sehe ich den Helden an.

»Was ist los?«

»Nichts«, entgegne ich und packe unsere Sachen für den geplanten Ausflug nach Italien, bewundere den Tapferen aber im Stillen weiter.

»Was soll's. Das Rettungstau kann ich später auch noch suchen. Zur Not zerreiß ich das Laken und seil uns über den Balkon ab. Ich gebe schon mal der Dienerschaft Bescheid und lasse die Pferde satteln.«

Nach einigen Tagen, in denen wir zu den nahegelegenen Almen gewandert sind, fühle ich mich der kurvigen Pass-Straße wieder gewachsen. Außerdem freue ich mich darauf, zur Abwechslung normal zu hören, denn meine Ohren sind den Druck auf circa 1 400 Höhenmetern nicht gewohnt, und mir ist, als hätte ich einen dicken Kopfhörer auf, der alle Geräusche dämpft. Wir fahren zum Einkaufen nach Italien. Die Grenze ist nur drei Kilometer entfernt.

»Kannst du mir die Wickeltasche geben?«, bittet Markus.

Wo ist die denn bloß? Ich sollte vorhin das Auto vor

unser Haus fahren. In Gedanken lasse ich die letzten Minuten Revue passieren. Ich bin runter zum Parkplatz, da hatte ich die Tasche in der Hand, habe den Wagen hergeholt und bin dann zurück ins Appartement. Das Ding muss im Wagen sein! Im Kofferraum ist aber keine Wickeltasche, auch im Innenraum kann ich sie nicht finden.

Auf dem Parkplatz liegt ein ramponiertes Etwas im Staub. Das wird doch nicht ... Oh nein! Als ich der Sache nachgehe, erkenne ich bei näherem Hinsehen, dass es sich bei dem Etwas tatsächlich um die Wickeltasche handelt. Jetzt fällt es mir wieder ein. Ich hatte sie hinter den Wagen gestellt, um sie in den Kofferraum zu stellen. Dort muss ich sie aber vergessen haben und bin wohl beim Zurückstoßen mit dem Auto drübergefahren, denn es sind deutliche Reifenabdrücke zu sehen. Eigentlich bin ich körperlich und auch geistig wieder ganz gut hergestellt, so ist es mir ein Rätsel, wie es zu diesem Vorfall kommen konnte, und ich schiebe die Schuld auf meinen geräuschdämpfenden Almen-Kopfhörer. Als ich Markus mein Missgeschick beichte, hält er mich für völlig bescheuert. Dabei haben die abwaschbare Tasche und auch die Windeln keinen sichtbaren Schaden genommen. Nur eine Cremetube ist auffallend flachgewalzt, wie ich es mit bloßen Händen niemals hinbekommen hätte.

Die nächste Einkaufsmöglichkeit liegt in einem Tal, was bedeutet, dass wir auch auf der italienischen Seite den Weg über eine Pass-Straße nehmen müssen, und diese ist noch kurviger als die österreichische. Nach einer halben Stunde schweigender Autofahrt vorrangig bedingt durch die nicht enden wollenden Serpentinen, aber auch durch mein Wickeltaschenmissgeschick, beschließen Markus und ich, uns wieder zu vertragen und, unten angekommen, einen Kaffee trinken zu gehen. Lil langweilt sich in der Espressobar und rennt dauernd auf die Straße, nach etlichen Rettungsaktionen langt es uns und wir gehen in den Supermarkt, der seinem Namen alle Ehre macht. Alle erdenklichen Formen von Nudeln, Salami, Käse, frisches Gemüse und Obst und vieles mehr wandert in den Einkaufswagen. Beim Anblick eines Babygläschens ruft Lil freudig »Hase!« Ob sie sich auch so freuen würde, wenn sie wüsste, dass das süße Tierchen auf dem Etikett fein püriert in dem Glas lagert?

In der Vorfreude auf all die Leckereien, die es zum Abendessen gibt, ertrage ich die schreckliche Rückfahrt mit den tausend Kurven.

Am nächsten Morgen möchte ich mit Lil zum Bäcker. Doch wo ist der Kinderwagen? Weder vor dem Appartement noch im Auto noch an einem anderen Ort ist das Ding zu finden. Das letzte Mal habe ich ihn gestern in der italienischen Espressobar gesehen.

»Ja, den hab ich dort vergessen«, bestätigt mir Markus auf Nachfrage ohne Umschweife. Zerknirscht fährt er die Pass-Straße hinab, diesmal allein, in der Hoffnung, unseren Kinderwagen noch aufzufinden. Zum Glück kehrt er eine gute Stunde später zurück und schiebt freudestrahlend den wohlbehaltenen Wagen vor sich her. Über mein Wickeltaschen-Missgeschick verliert Markus auch nach unserer Rückreise kein Wort mehr, so wenig wie ich den Kinderwagen-Vorfall erwähne.

Loslassen

»Oh mein Gott, was ist denn passiert?«, fragt Markus besorgt.

»Unser Baby kommt morgen in die Kinderkrippe«, heule ich.

»Unser Baby ist fünfzehn Monate und wir können uns glücklich schätzen, diesen Platz zu haben!«

»Ich weiß«, schniefe ich unter Tränen.

Der Gedanke, dass unsere hundert Prozent gemeinsame Zeit, 24 Stunden jeden Tag, jetzt vorbei ist, versetzt mir einen Stich, auch wenn ich das Gefühl habe, sie in gute Hände zu geben.

Beim Kennenlerntermin vor zwei Monaten zeigte uns die Inhaberin Aliye, eine junge Türkin, die Räume und die Bettchen, wo auch Lil bald Mittagsschlaf machen wird, führte uns in den großen Garten mit Sandkiste und Karussell. Sie zählte Dinge auf, die am ersten Krippentag mitzubringen seien: Wechselwäsche, Hausschuhe, Windeln, Matschhose, Testament. Ein Testament? Wie ungewöhnlich. Müssen die Neuankömmlinge der Kinderkrippe als Einstiegsvoraussetzung ihr gesamtes Hab und Gut vererben, um einen Platz zu bekommen, ähnlich alten Menschen, um in einem unseriösen Seniorenheim unterzukommen? Das Missverständnis klärte sich schnell auf. Sagen wollte Aliye *Testat*, gemeint hatte sie *Attest*. Der Kinderarzt soll unter anderem bestätigen, dass sie keine ansteckenden Krankheiten hat.

Der Speiseplan ist jede Woche gleich:

Montag:	Reisrisotto
Dienstag:	Kartoffel- und Karottengemüse mit Kalbsschinkenwürfeln
Mittwoch:	Kartoffel- und Spinatgemüse mit Hühnerrührei
Donnerstag:	Spaghettinudeln mit Tomatengemüse
Freitag:	Seelachsfischstäbchen mit Kartoffelgemüse

Aliye mag es offensichtlich gern doppelt gemoppelt. Sagt sie auch Haarfrisur, Jeanshose und Schießgewehr? Lil wird sich hier ganz bestimmt sehr wohl fühlen.

Die Eingewöhnung dauert vier Wochen, was mir am Anfang extrem lang vorkommt. Diese Zeit scheint eher mir denn meiner Tochter zu dienen. In der ersten Woche ist sie keine Minute ohne mich in der Krippe, erst ab der zweiten wird langsam die Zeit meiner Abwesenheit gesteigert, angefangen von fünfzehn Minuten bis hin zu den sieben Stunden, die sie letztlich täglich dort bleibt. Im Gegensatz zu mir weint Lil beim Verabschieden kein einziges Mal, winkt mir stattdessen kurz zu und ist dann sofort ins Spiel vertieft. Ein paar Tränen später weiß auch ich die paar Stunden neue Freiheit zu schätzen, die ich mit Zeitungslektüre, Kaffeetrinken oder Schwimmen verbringe.

Auch wenn Lil zunächst den Anschein erweckt, ihre neue Situation mache ihr nichts aus, geht das Ganze nicht spurlos an ihr vorbei. Kehre ich nach der vereinbarten Zeit zur Abholung zurück, kommt mir meine

Kleine mit offenen Armen entgegengerannt und wirkt fast erleichtert, dass ich endlich da bin. Von da an klammert sie sich die ganze Zeit bis zum Abend an mich, was sie bis dahin nie gemacht hat, wacht nachts wieder auf, möchte eine Milchflasche, nachdem sie bereits seit Monaten durchgeschlafen hat. Trotzdem scheint es ihr dort zu gefallen, denn wenn ich sie verabschiede, winkt sie mir jedes Mal zu und geht zu den anderen Kindern.

An manchen Tagen blutet mein Mutterherz besonders bei dem Gedanken, Lil dieser Situation auszusetzen, nämlich dann, wenn ich beim Abholen Bisswunden, Kratzspuren und blaue Flecken entdecke. Hoffentlich hat Aliye recht und es handelt sich nur um eine vorübergehende Phase der Älteren, weil auch diese erst lernen müssen, dass sie mit den Neuankömmlingen nicht so wild spielen können wie mit Gleichaltrigen oder Größeren. Wie meiner Tochter geht es auch den anderen Neulingen, wobei Lil gegenüber drei noch Kleineren den Vorteil hat, weglaufen zu können.

Nach der etwas harten Anfangsphase fügt sich Lil schnell in die neue Gruppe ein, ihre nachmittägliche Anhänglichkeit legt sich und sie schläft nachts wieder durch.

Teilzeitmutter

Einen Monat später, 8.10 Uhr.

Geschafft! Ich sitze im Auto und fahre in die Arbeit! Nach rund eineinhalb Jahren endlich wieder denken und dabei Geld verdienen!

Genoss ich früher den morgendlichen Luxus, nur mich selbst fürs Büro in Schuss bringen zu müssen, sieht das heute anders aus. Zur Bummelei bleibt keine Zeit, denn die Spanne zwischen dem Aufstehen und dem Abholen aus der Kinderkrippe ist minutiös verplant.

Alleine und störungsfrei könnte ich den Zeitplan mühelos einhalten. Natürlich durchbricht die kleine Trödeltante ständig die Kalkulation, verdaddelt wertvolle Minuten, die wieder reingeholt werden müssen, da ich eine feste Stundenanzahl arbeiten muss und die Kinderkrippe um punkt drei Uhr schließt.

Das Fräulein um 6.45 Uhr aus dem Bett zu kriegen, war kein Problem. Ihre ersten Worte waren noch schlaftrunken: »Dose, Hose, Mama, Papa.« *Mama* klingt, als würde ein Papagei *Dienstmagd* krächzen, wohingegen das Wort *Papa* immer sanft gesäuselt wird.

Was beim Aufstehen von Vorteil, störte das Wickeln. Putzmunter stand das Hampelmännchen permanent auf und ich musste einiges Geschick aufbringen, damit die Windel dort landete, wo sie hingehörte.

Bevor wir das Haus verlassen konnten, sammelte ich wie Sisyphos die zuvor zusammengelegten

Wäschestücke vom Boden auf, die der Unhold in der Wohnung verteilt hatte. Im Anschluss rannte ich minutenlang den Rundweg durch Kinderzimmer, Flur und Schlafzimmer hinter der Flüchtigen her. Schließlich konnte ich sie überlisten, indem ich stehen blieb und sie abpasste. Ich hatte Glück, denn die übergezogene Jacke wurde von Lil nicht gleich wieder abgestreift.

Nach Ablieferung in der Kinderkrippe ohne Abschiedsschmerz sitze ich nun im Auto. Die Fahrt ins Büro ist entspannend. Andere brausen zum Arbeiten in die Stadt hinein, ich cruise aufs Land hinaus, den Alpen entgegen, die sich immer höher gen Himmel strecken, je näher ich komme. Herbstlich leuchtende Bäume säumen die Straßenseiten, im Radio laufen die Frühaufdreher, unterbrochen durch Gute-Laune-Musik, die mich zusammen mit der malerischen Umgebung in Urlaubsstimmung versetzt.

In der Firma herrscht im Vergleich zu daheim eine himmlische Ruhe. Die Zusammenarbeit verläuft erfreulich kooperativ: Kein Kollege rennt bei einer Besprechung weg oder kritzelt Strichmännchen auf einen überreichten Vertragsentwurf.

Und: Ich habe ein eigenes Büro mit Fensterfront! Keine Selbstverständlichkeit für eine Teilzeitmutti wie mich.

Sechm Stunden später.

»Ich hab kein eigenes Büro mit Fensterfront. Wollen wir da rüber?« Im Coffee-Shop ist nicht viel los. Anne und ich nehmen unsere large Cappuccinos to stay, Jonas und Lil und lassen uns auf den Sofas nieder. Anne nippt an ihrem Kaffee, während die Kinder unsere Handtaschen ausräumen.

»Ich habe nämlich gar kein Büro. Und zu Hause arbeiten kann ich auch nicht. Ich habe nämlich keine Arbeit mehr.«

Das klingt nicht gut. »Oh.« Keine gute Antwort, ich weiß. Aber Anne sieht nicht aus, als hätte sie eine Antwort erwartet. Sie sieht eher aus, als wüsste sie nicht, ob lachen, weinen oder wütend sein.

»Und weißt du, was der Oberhammer ist?«

Kopfschütteln meinerseits.

»Der Fatzke – mein Chef, besser gesagt, mein *Ex*-Chef – bringt noch nicht mal den Mumm auf, mir das persönlich zu sagen! Seit Jahren, ach was, seit Jahrzehnten arbeite ich in dem Schuppen und dann sowas!« Anne hat sich offenbar für Wut entschieden, die mit jedem Wort wächst. »Stattdessen schickt er seine ..., seine ...«

Was kommt jetzt?

»... seine Assistentin vor.« Anne sieht mich erwartungsvoll an. Was ist eine angemessene Reaktion auf diese Frechheit?

»Oh.« Wieder keine gute Antwort.

»Ich habe die Frau ausgebildet! Diese Intrigantin!«, erläutert sie, wobei sogar ihre Haarspitzen vor Ärger zu sprühen scheinen. »Spielt jahrelang die gute Kollegin, ja sogar Freundin, schenkt mir zu Jonas' Geburt einen sündhaft teuren Strampelanzug und hat wahrscheinlich die ganze Zeit nur eines im Sinn: meine Stelle! *Annilein, dafür hast du doch Verständnis. In unserem Metier brauchen wir vollen Einsatz. Immer. Und den kannst du als Mutter in Teilzeit leider nicht bringen*«, äfft Annilein die Assistentin nach. »Woher bitte möchte Fräulein Intrige das denn wissen? Hä? Hätte sie mich auch nur einmal zu Wort kommen lassen, hätte ich ihr nämlich sagen können, dass ich Gott und die Welt organisiert habe, um meine 35 Stunden pro Woche arbeiten zu können. 35 Stunden als Teilzeit zu bezeichnen, ist sowieso schon lachhaft. Ich habe für jede erdenkliche Situation einen Plan B. Weiß die überhaupt, wie viele Überstunden ich dort gemacht habe? Natürlich unbezahlt und ohne Freizeitausgleich.«

»Aber weißt du, Annil..., Anne, jede auch noch so schlimme Situation bietet immer eine Chance.« Was rede ich denn heute für einen Schmarrn?

Zum Glück lässt sich Anne von mir nicht beeindrucken. »Mich macht das echt wütend. Wie kurzsichtig die sind! Nimm zwei Mütter, die sich eine Stelle teilen, und du hast mehr Effizienz als eine Vollzeitkraft leisten kann. Allein mein Organisationstalent! Was ich alles in Bewegung gesetzt habe, um eine Betreuung für Jonas zu haben!« Sie fasst sich an den Kopf. An die Stelle der Wut ist Resignation getreten. »Aber das will ja kein Arbeitgeber. Stattdessen lieber so einen Grünschnabel von der Uni, den man schön formen kann. Lass das, Jonas! Nicht wieder SMS schreiben.« Anne entreißt ihrem Sohn das i-Phone.

»Was wirst du jetzt tun?«

»Keine Ahnung. Ich nehme jetzt erst mal die Abfindung und überlege mir was Schlaues.«

»Lass uns zu Rossmann gehen. Windeln sind diese Woche im Angebot.«

»Gute Idee. Vielleicht finde ich ja auch noch was Tolles für mich. Antifaltencreme oder so.«

Zwei Tagi später.

Was nehme ich denn? Corega Tabs oder Kukident? Gibt es denn nur Reinigungsmittel für dritte Zähne? Mein Zahnarzt hat mir gegen nächtliches Knirschen eine Beißschiene verschrieben.

»Darf ich mal vorbei, junge Dame?!« Ein geschätzt Hundertjähriger greift zielsicher nach den Corega Tabs, woraufhin ich mich spontan für Kukis Zahnspangenreiniger entscheide.

Eine Rossmann-Mitarbeiterin deutet auf den blonden Lockenkopf, der ein Dutzend Kindersonnenbrillen in den Mini-Einkaufswagen räumt und fragt mich gereizt: »Ist das Ihre Tochter?«

Ich habe keine Lust, angepflaumt zu werden, und schüttle lächelnd den Kopf, beobachte Lil aber aus den Augenwinkeln, um im Notfall einschreiten zu können.

Drogeriebesuche sind ein Spießrutenlauf, seit meine Kleine auf eigenen Beinen durch den Laden stapft. Am Eingang nimmt sie sich einen Kindereinkaufswagen und legt zielsicher alle Dinge, die sie für notwendig hält, mit den Worten *meins, meins, meins* hinein. Meine Aufgabe ist es, Badegummienten, Schnuller, Ketten aller Art und grellbunte Baby-Sonnenbrillen wieder zurückzuräumen. Das klappt nicht immer, und an manchen Tagen kann ich dem Alltagsstarrsinn nur dadurch begegnen, dass ich eine Gummiente oder eine Sonnenbrille kaufe, die ich später zu Hause zu den bereits mehrfach vorhandenen Exemplaren lege. Bei jedem Einkauf verfluche ich die Verkaufsstrategen dafür, dass sich in jeder Regalreihe Waren auf Kinderaugenhöhe befinden.

Davor, dass ich Klopapier entwende, habe ich keine Angst mehr. Seit Lil eine Eisenbahn-Lok in einem

Spielzeugladen unbemerkt hat mitgehen lassen, ist die Gefahrenquelle eine andere.

Da ich nicht noch mehr Diebesgut zu Hause haben und dem uniformierten Sicherheitsdienstmitarbeiter nicht erklären müssen möchte, wie der unbezahlte Gummiball in die Tasche meiner Tochter gelangt ist, durchsuche ich zur Sicherheit immer noch mal ihre Kleidung, bevor wir das Geschäft verlassen.

Sechm Wochen später.

»Hallo Mäuschen! Aufstehen. Aliye und die Kinder warten schon in der Krippe auf dich!« Nachdem ich den Rollladen im Kinderzimmer nach oben gezogen habe, bemühe ich mich, sie wach zu bekommen. Nach ein paar Versuchen schaffe ich es, sie vom Bauch auf den Rücken zu rollen. »Wie siehst du denn aus? Oh nein, nicht schon wieder!«

Die Augen sind dick geschwollen und derart verklebt, dass sie sich kaum öffnen lassen. Eitrige Bindehautentzündung, wie mein mittlerweile geschultes Mutterauge diagnostiziert. Zum dritten Mal in den vergangenen Wochen.

Seit Krippenstart ist Lil permanent mal mehr mal weniger krank. In meiner Naivität dachte ich, das Kind würde dank Impfung gegen die gängigen Kinderkrankheiten von allen erdenklichen Viren und Bakterien verschont bleiben. Falsch gedacht. Zu Dauerhusten und -schnupfen, variierend nur in der Heftigkeit, gesellen sich alle paar Wochen Fieber, undefinierbare Ausschläge, Bronchitis, Ohren- oder Bindehautentzündungen, sodass die kleine Patientin in regelmäßigen Abständen wegen der Ansteckungsgefahr zu Hause bleiben muss.

So auch heute. Also ab zum Kinderarzt, der erfahrungsgemäß antiseptische Augentropfen verschreibt, und drei Tage zu Hause bleiben, dann wieder zum Kinderarzt, um bestätigen zu lassen, dass das genesene Kind wieder in die Betreuungseinrichtung darf. Außerdem muss ich die für halb zehn angesetzte Besprechung im Büro absagen und generell in der Arbeit Bescheid geben, dass ich zumindest für heute ausfalle, gesetzt den Fall, ich finde für die nächsten Tage einen Babysitter, ansonsten bleibe ich die kommenden Tage daheim. Markus ist seit gestern bis Ende der Woche beruflich in Frankfurt, kann diesmal leider nicht helfen. Zwei Fehltage wegen Betreuung eines kranken Kindes habe ich in der Arbeit gut, die darüber hinausgehende Zeit könnte ich zwar über die Krankenkasse abwickeln, wobei mir ehrlich gesagt der Aufwand zu viel ist und ich lieber Urlaub nehme. Im Prinzip dürfte ich das gar nicht machen, denn meine dreißig Urlaubstage decken genau die Ferienzeiten in der Krippe ab.

Liebe Lil, werde bitte das nächste Mal wieder arbeitgeberfreundlich am Wochenende krank! Die Gehirnerschütterung und die toffifee-große Beule an der Schläfe, die du dir an einem Freitagabend zugezogen hast und wegen der wir zwei Tage im Krankenhaus waren, haben bei mir zwar aus Sorge, dein Schädel könnte gebrochen sein und in der Beule könnte sich Gehirnflüssigkeit angesammelt haben, einen Beinahe-Nervenzusammenbruch hervorgerufen, waren aber um einiges leichter zu organisieren. Ein Anruf beim Notarzt und eine SMS an Karsten, um die seit Wochen vereinbarte Skifahrt abzusagen.

Fünf Telefonate und eine E-Mail später habe ich in der Krippe und in der Arbeit Bescheid gegeben, die Besprechung abgesagt, einen Arzttermin sowie dank Mutter und Schwiegermutter Lils Betreuung für den Rest der Woche organisiert.

Einen Monan später.

Wo ist das Loch, in das ich mich verkriechen kann? Die Videokonferenz ist seit einer Stunde vorbei, und ich fühle mich schlecht, schlechter, am schlechtesten.

Lils Augenentzündung ist längst abgeklungen, doch nun melden sich wieder neue Zähne. Sie wacht nachts etliche Male mit Schmerzen auf und weint. Dank Streukügelchen schläft sie, anders als ich, zwar schnell wieder ein, wacht aber kurze Zeit später erneut auf.

Völlig übermüdet und erleichtert, keinen Unfall gebaut zu haben, erreiche ich die Arbeit. Ich schalte um 9.05 Uhr meinen Computer an und trinke, während er hochfährt, erst mal einen Kaffee. Was muss ich denn alles machen? Ein paar E-Mails beantworten, einen Standardvertrag bearbeiten. Nichts Außergewöhnliches, meine verminderte Gehirnleistung schadet also nicht.

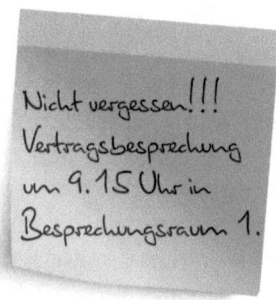

Nicht vergessen!!!
Vertragsbesprechung
um 9.15 Uhr in
Besprechungsraum 1.

Ich starre entsetzt auf den Notizzettel vor mir. Mist, Mist, Mist. Das habe ich total vergessen. Seit Wochen ist für den Tag um Viertel nach neun eine Besprechung anberaumt, vor Ort nehmen sechs Kollegen teil, darunter ein Vorstand und diverse Abteilungsleiter, der Vorstandsvorsitzende ist über Video zugeschaltet. Es geht um ein abteilungsübergreifendes Projekt, akribisch bearbeitet, auch von mir. Panik meldet sich. Ich bin null vorbereitet. Hoffentlich fällt mir ad hoc Beeindruckendes ein.

Tut es natürlich nicht. Als ich an der Reihe bin, das Arbeitsergebnis zu berichten, herrscht in meinem Hirn gähnende Leere, auch wenn ich die letzten Wochen mit fast nichts anderem verbracht habe.

Nicht mal der Name des Projekts will mir einfallen. Dabei soll ich doch nur einen kurzen Bericht abgeben. Mehr nicht. An sich nicht schwer. Sieben Augenpaare sind auf mich gerichtet, was mich noch mehr unter Druck setzt.

Ich habe keine Ahnung, was Sie von mir hören wollen, da ich mich wegen totaler Übermüdung auf nichts konzentrieren kann. Meine Tochter bekommt Zähne, ich habe kaum geschlafen. erkläre ich hilflos in Gedanken.

In meinem Kopfkino klopft mir der anwesende Vorstand väterlich auf die Schulter. *Ach so, Frau Weiß. Dann macht das natürlich nichts, dass Sie hier sitzen wie ein Prüfling im Staatsexamen oder besser gesagt wie ein Vollidiot, der von der abgefragten Materie nicht den blassesten Schimmer hat. Kein Problem! Wir verschieben einfach dieses Treffen. Die anderen Teilnehmer haben sicher Verständnis. Geben Sie uns Bescheid, wenn Ihre Tochter alle Zähne hat und Sie wieder ausgeruht in die Arbeit kommen können.*

Um mich ein wenig zu trösten, klingt die Stimme in meinem Kopf verständnisvoll und nicht sarkastisch.

In der Realität kommentiert niemanden meinen geistigen Totalausfall. Nach wie vor stehe ich im Fokus der Aufmerksamkeit von Vorgesetzten und Kollegen, die seit Minuten auf meine Antwort warten. Ich stammle irgendetwas, von dem ich denke, es könne einigermaßen plausibel klingen, breche mitten im Satz ab, weil ich nicht mehr weiter weiß.

Die Anwesenden schweigen. Am liebsten würde ich im Boden versinken. Am liebsten würde ich losheulen. Doch die Blöße gebe ich mir jetzt nicht. Als Teilzeitkraft habe ich hier sowieso keinen leichten Stand. Ich setze meinen Ich-find-mich-super-Gesichtsausdruck auf, den ich mir von den männlichen Kollegen abgeschaut habe, und tue so, als sei nichts gewesen. Edmund Stoiber spricht auch nur halbe Sätze.

Epilog

Eine aufregende und schöne Baby-Zeit, in der ich im Gegensatz zu Lil körperlich zwar nicht gewachsen bin, aber zahlreiche neue Fähigkeiten erworben habe.

So kann ich …

- … meinen Haushalt mit einem Hampelmännchen im Tragetuch führen und durch blödsinnige Grimassen zu dessen Erheiterung beitragen,
- … im Halbschlaf schneller wickeln als andere eine SMS tippen,
- … 113 Mal ohne Unterbrechung dasselbe Schlaflied singen, ohne ein einziges Mal den richtigen Ton zu treffen,
- … gleichzeitig drei Einkaufstüten, eine Wickeltasche, eine Tragetasche samt Baby, eine Quartalspackung Windeln in die zweite Etage stemmen, ohne rückwärts auf die Treppe zu purzeln,
- … sobald der kleine Esser mit dem Löffel ausholt durch exakte Berechnung der Flugbahn eine Ladung Flugspinat mit einem Kleckerlätzchen abfangen,
- … mit Karacho und doch kollisionsfrei zur Rush-Hour rechts den Buggy und links den Einkaufswagen durch die Drogerie bugsieren.

Muss man das können? Nein. Manches ist aber praktisch.

Von meinen nach acht Monaten Mutterschaft festgestellten körperlichen Mängeln und Blessuren ist bis auf die Kaiserschnittnarbe nichts geblieben. Die verschobene Bauchachse findet irgendwann ihre ursprüngliche Position wieder und auch meine Gutgläubigkeit lässt mit der Zeit nach. Auf die Information meines Mannes, Fortbewegungsmittel auf Rädern, mit denen man am Strand segeln könne, würden *Sufetten* genannt, reagiere ich immerhin mit Skepsis, bevor ich es glaube.

Den gelegentlichen Frust wegen der Ignoranz und vermeintlicher Kinderunfreundlichkeit anderer habe ich wieder abgelegt. Und wenn mir eine Tür vor der Nase zufällt, ist das auch nicht weiter tragisch. Dann mache ich sie eben wieder auf und gehe nicht gleich wie das HB-Männchen in die Luft. Was soll's. Gelassener lebt es sich leichter.

Und: So unfreundlich sind die meisten gar nicht. Viele Menschen sind sehr hilfsbereit und zuvorkommend, was mir aber in meiner hormonbedingten Empfindlichkeit oft gar nicht aufgefallen ist. Außerdem hält nicht jeder permanent Ausschau, ob er eine Tür aufhalten oder in anderer Weise helfen kann und hat außerdem eigene Dinge im Kopf. Manchmal bin auch ich ein kleines bisschen genervt, wenn sich im Coffee-Shop eine Überzahl an Kinderwagen befindet, wo ich dort eigentlich in Ruhe einen Kaffee trinken wollte.

Übrigens: Familien wurden als ernst zu nehmende Gastronomie-Klientel erkannt. In unserer Stadt gibt es immer mehr perfekte Cafés, die entweder eine Ecke oder ganze Zimmer für die Kakaofraktion reserviert haben.

Meinen Kursmarathon würde ich auf jeden Fall

wieder zurücklegen, obwohl sich Lil wahrscheinlich auch ohne die gut gemeinten Förderungsmaßnahmen in gleicher Weise entwickelt hätte. Fast in jedem Kurs habe ich nette Kontakte geknüpft, anstatt einer Mutter habe ich viele gefunden. Mit Anette gehe ich spazieren, mit Beate zum Kaffeetrinken, mit Carla nach wie vor zur Krabbelgruppe und mit allen kann ich bei unseren Playdates über kleinkindspezifische Themen reden. Oberflächlicher Kontakt oder widerstandsfähige Freundschaft? Das wird sich herausstellen. Jedenfalls wohnen alle Mitglieder meiner Windel-Connection in der Nachbarschaft, weshalb es mir schnuppe sein kann, wenn der Pampersvorrat außerhalb der Drogerie-Öffnungszeiten bedrohlich zusammenschrumpft.

Anstatt Familie und Beruf als Doppelbelastung zu empfinden, erlebe ich die Kombination als Bereicherung. Mit anderen Worten: Die Work-Family-Balance funktioniert bestens.

Vor meiner Rückkehr an den Schreibtisch hatte ich Angst davor, nur eine Teilzeitmutti zu sein, sowohl im Büro als auch zu Hause.

Was die Arbeitswelt anbelangt, habe ich gegenüber Vollzeitkräften sicherlich Defizite. Neben schlafmangelbedingten geistigen Aussetzern kann ich nur selten und dann auch lediglich geplante Überstunden machen. Regelmäßige Dienstreisen scheitern vielleicht, weil eine Kinderbetreuung nicht zu organisieren ist. Das Ausfallrisiko wegen Krankheit ist bei mir unkalkulierbar höher als bei Kollegen ohne Familie.

Auf der anderen Seite bin ich eine verlässliche und motivierte Mitarbeiterin. Ich weiß mein Büro als einen Ort der Ruhe zu schätzen, an dem ich meine Aufgaben grundsätzlich wie geplant, von hektischen Tagen und eiligen Dingen einmal abgesehen, nacheinander erledigen kann, ohne durch lästige Zwischenrufe oder andere Störungen ständig abgehalten zu werden. Die Handvoll Arbeitsstunden pro Tag vergeht wie im Flug und ich breche regelmäßig mit einem Bedauern nach Hause auf, weil ich gern noch weitergemacht hätte.

In Bezug auf das Familienlieben kann ich mich als Berufstätige zwar nicht die ganze Zeit um meinen Nachwuchs kümmern und überlasse Erziehungsverantwortung zum Teil anderen Menschen. Dies wird jedoch durch zahlreiche Vorteile ausgeglichen. Als Einzelkind lernt Lil in der Kinderkrippe, sich einzugliedern und zu behaupten, schließt sogar Freundschaften. Fast jede Woche bekommen wir Selbstgebasteltes mit nach Hause, auf das ich von allein niemals gekommen wäre. Sie zeigt Manieren, die ich bei derart kleinen Kindern nicht vermutet hätte, hält sich mit eineinhalb Jahren beim Husten die Hand vor den Mund oder bittet mich, ihre Windeln zu wechseln.

»Was ist das?«

»Dein Zeugnis, Kindchen.«

»Mein Zeugnis? Wofür denn?«

»Für deine Leistungen der vergangenen Monate.«
Irmgard sieht mich mit stolz-traurigem Blick an.

»Du siehst aus, als wolltest du dich von mir verabschieden.«

Anstatt darauf einzugehen, überreicht sie mir feierlich ein Dokument. »Lies einfach.«

Frau Kim Weiß, geboren in München, ist seit zwei Jahren als Projektleiterin für

216

unser Unternehmen tätig. Sie ist täglich im 24-Stunden-Bereitschaftsdienst eigenverantwortlich zuständig für die Organisation unseres Betriebs, insbesondere rechtliche Vertretung, Verwaltung, Einkauf, Logistik, Public Relations sowie Mitarbeiterbetreuung.

Frau Weiß hat sich sehr schnell und eigenständig in ihren neuen Tätigkeitsbereich eingearbeitet. Hervorzuheben sind ihr Organisationstalent, ihre überdurchschnittliche Belastbarkeit und Ausdauer, ihr Verantwortungsbewusstsein und ihre Hilfsbereitschaft, ihre Flexibilität und ihre Verlässlichkeit. Daneben verfügt sie über große Geschicklichkeit, Kreativität und Geduld.

Sie beherrscht ihren Aufgabenbereich sicher, besitzt die Bereitschaft und die Fähigkeit zur Teamarbeit und fördert aktiv die gute Zusammenarbeit. Ihr persönliches Verhalten ist stets einwandfrei. Dieses Zeugnis wird auf Wunsch von Frau Weiß ausgestellt, sie befindet sich in ungekündigter Stellung.

Als ich aufblicke, ist Irmgard weg. Zurück bleibt der vertraute Duft, das Gemisch aus Haarspray und Chanel No. 5. Obwohl es nicht ausgesprochen wurde, ist klar, dass wir uns nicht wiedersehen werden. Für einen Moment beschleicht mich Wehmut, schließlich hat mich meine Fantasiegestalt Irmgard über dreißig Jahre begleitet.

Doch an die Stelle der Wehmut tritt schnell Zufriedenheit, eine wohlige Zufriedenheit. Die Zeit, mich in Tagträume zu flüchten, sei es aus Spaß, Langeweile oder aus Einsamkeit, ist endgültig vorbei. Mein echtes Leben ist jetzt anders:

Seit Lils Geburt fühle ich mich vollständig, denn ich habe einen Engel. Das größte und schönste Geschenk, das ich jemals bekommen habe.

Die Autorin

Iris Hell, Jahrgang 1973, ist Juristin. Sie lebt mit ihrer Familie in München. »Kleckerlätzchen für Anfänger« ist die überarbeitete Version des ersten Romans »Hallo Lil« von Iris Hell, der 2012 erschienen ist.

Näheres zur Autorin und weiteren Projekten im Internet unter www.irishell.de.

FSC
www.fsc.org

MIX

Papier | Fördert
gute Waldnutzung

FSC® C083411

Zeitfracht Medien GmbH
Ferdinand-Jühlke-Straße 7
99095 Erfurt, Deutschland
produktsicherheit@kolibri360.de